L'ASSASSINAT
DU ROI ARTHUR

Du même auteur,
dans la même collection

LES DOSSIERS DE SCOTLAND YARD

Déjà parus :

Meurtre au British Museum
Le Secret des MacGordon
Crime à Lindenbourne
L'Assassin de la Tour de Londres
Les Trois Crimes de Noël
Meurtre à Cambridge
Meurtre chez les druides
Meurtre à quatre mains
Le Mystère de Kensington
Qui a tué Sir Charles ?
Meurtres au Touquet
Le Retour de Jack l'Éventreur
Higgins mène l'enquête
Meurtre chez un éditeur
Meurtre dans le Vieux Nice
Quatre femmes pour un meurtre
Le Secret de la chambre noire
Meurtre sur invitation
Noces mortelles à Aix-en-Provence
Les Disparus du loch Ness

J.B. LIVINGSTONE

L'ASSASSINAT DU ROI ARTHUR

Dossiers de Scotland Yard

ÉDITIONS DU ROCHER
Jean-Paul Bertrand
Éditeur

ISBN 2 268 01295 6

CHAPITRE PREMIER

Janet Bee s'engagea dans l'épaisse forêt, véritable muraille végétale qui semblait hostile à toute présence humaine. En elle, la curiosité scientifique venait de vaincre la peur. Bien sûr, elle pouvait être victime d'un sanglier, d'un vieux cerf irascible ou d'un esprit rôdeur qui boirait son sang après l'avoir étranglée... mais elle devait aller jusqu'au terme de sa quête.

Petite, menue, brunette au nez retroussé et aux cheveux courts, très nerveuse, Janet Bee était l'une des meilleures médiévistes d'Oxford. Son goût pour l'archéologie l'avait entraînée, fort jeune, vers de savants ouvrages, et surtout vers les contes du Graal et la littérature arthurienne. Elle ne rêvait que de la Table ronde, du roi Arthur, de la reine Guenièvre, du beau chevalier Lancelot, du preux Perceval et de tous les compagnons engagés sur les sentiers de l'honneur et de la bravoure. Lisant le latin et l'ancien français avec une facilité déconcertante, la jeune femme était promise à une brillante carrière universitaire. Elle préparait une thèse sur les rapports du roman de Merlin l'enchanteur avec la tradition celtique et passait le plus clair de ses journées en bibliothèque, perdue dans les manuscrits enluminés et les vieux textes calligraphiés par les copistes. Combien de fois avait-elle lu et analysé l'*Historica Regum Britaniae* de Geoffroy de Monmouth ? Trop d'érudits négligeaient cette source.

Elle lui avait donné l'idée qui la hantait depuis plus de cinq ans : retrouver la tombe du roi Arthur, le lieu sacré par excellence.

D'aucuns prétendaient que le corps de l'illustre souverain reposait près de l'abbaye de Glastonbury, non loin de Bristol ; là, en 1191, des moines bénédictins avaient identifié les ossements du monarque et de Guenièvre. Pour des raisons aisément compréhensibles, l'Office du tourisme du Somerset tenait beaucoup à cette version des faits à laquelle Janet Bee ne croyait plus depuis longtemps. D'autres affirmaient qu'Arthur était enseveli sous le pavement de la chapelle noire, près de Salisbury, d'où le monarque mourant avait contemplé la mer pour la dernière fois. Mais le livre de *Merlin* n'indiquait-il pas que la Table ronde se réunissait à Carduel, au pays de Galles, et Arthur n'avait-il pas exigé de reposer là où il avait connu sa plus grande gloire ? Ne parlait-on pas aussi du lieu-dit Arthuret, au nom si évocateur ? Janet Bee avait passé au crible toutes les traditions, toutes les croyances, tous les détails, si minimes fussent-ils ; elle disposait d'un répertoire exhaustif qui ne comptait pas moins de cent treize tombes « certaines » du roi Arthur, avec une forte concentration en Écosse !

Ni les Gallois, ni les Anglais, ni les Écossais n'avaient apporté une preuve irréfutable. C'est pourquoi la jeune médiéviste s'était penchée sur le dossier avec un esprit méthodique et critique ; elle avait entrepris un long pèlerinage, désireuse d'examiner elle-même chacun des lieux candidats à l'illustre sépulture.

Et, soudain, la lumière avait jailli. Tous les indices concordaient. C'était ici, et nulle part ailleurs, que le roi Arthur reposait pour l'éternité. On avait même changé le nom du village, peu après la mort du maître de la Table ronde, afin d'effacer les pistes. Ayefield, un bourg perdu au cœur d'une immense forêt, se nommait autrefois « le pas d'Arthur », l'endroit où il avait franchi la dernière étape avant de tirer de la pierre l'épée de royauté et d'être couronné. Historiens et archéologues avaient négligé la piste que suivait aujourd'hui Janet Bee avec une impatience mêlée d'effroi.

Cette masse végétale, noyée dans une brume d'automne, était terrifiante. On s'y égarait sans peine. La médiéviste s'était munie de la carte la plus détaillée qu'elle avait pu obtenir auprès de la *Royal Geographic Society* ; mais bien des indications demeuraient imprécises. Ainsi, les confins de l'Écosse et de l'Angleterre restaient-ils encore une terre en partie inconnue, où les explorateurs oubliaient de s'aventurer !

Janet Bee était plus familière des gros in-folio et des parchemins que des ronces et des épines qui lui griffaient les mains et les jambes ; à plusieurs reprises, elle s'enfonça dans des trous d'eau et, malgré ses bottes, eut vite les pieds trempés. Qu'importait un refroidissement, si elle retrouvait la tombe d'Arthur ? Une branche craqua sur sa droite. La jeune femme sursauta.

– Qui est là ? Répondez ! Répondez, je vous en prie !

Quelque chose détala, plus effrayé qu'elle. Janet Bee ferma les yeux et reprit son souffle. Elle n'aurait pas dû partir seule, mais ne s'attendait pas à un paysage aussi tourmenté. Avec courage, elle reprit sa progression.

Soudain, la forêt s'interrompit.

Devant elle, un énorme fossé. Au-delà, une terre « gaste », lande solitaire et déserte, abandonnée depuis des lustres, où des chemins désolés se croisaient avant de disparaître dans des marais.

N'importe qui d'autre aurait renoncé ; mais c'était exactement la vision qu'espérait Janet Bee. Seule solution : dévaler la pente, atteindre le fond du fossé et gravir le talus en s'agrippant à des racines. La jeune femme glissa, tomba, repartit, retomba. Maculée de terre, elle réussit néanmoins à traverser le fossé et poussa un cri de joie en abordant la lande. Si ses collègues l'avaient vue dans cet état, ils l'auraient prise pour une folle.

Janet Bee longea les marais d'où montaient de puissantes odeurs ; elle se méfia des maléfices des ondines qui se cachaient dans la vase et courut jusqu'à un bois plus accueillant que la grande forêt. Elle crut reconnaître les grands arbres, les taillis, les fougères, la clairière... n'était-ce pas là que les ermites venaient méditer et les amants échanger de doux propos ? Des monstres s'y terraient, prêts à dévorer les voyageurs imprudents.

Comment renoncer, si près du but ?

Janet Bee suivit un sentier dont la seule existence prouvait que l'endroit était encore fréquenté. Un archéologue l'aurait-il précédée ? Non, elle l'aurait su. Mais qui connaissait l'existence de ce lieu oublié de la mémoire humaine ? Le souffle court, elle traversa une nouvelle barrière de ronces sans prendre garde aux griffures, écarta un rideau de branches basses et s'immobilisa, émerveillée.

Elle, enfin !

Une petite chapelle, précédée d'une croix de pierre. Au pied de l'édifice, un très vieux chêne. D'après son style et l'état de la pierre, attaquée par la mousse en de nombreux endroits, il datait à l'évidence du haut Moyen Âge.

Émue aux larmes, Janet Bee gravit les marches de pierre qui menaient à l'entrée du monument ; sur une arcade, l'inscription dont elle rêvait : *Ici se trouve la tombe du roi Arthur.*

La forme des lettres et leur disposition prouvaient l'ancienneté de la gravure. La jeune femme crut défaillir. Ainsi, elle avait réussi ! Tant d'années de travail et de recherche aboutissaient à une formidable découverte. Mais une ombre s'étendit sur la chapelle ; le corps d'Arthur n'avait-il pas disparu, sa sépulture n'avait-elle pas été profanée ?

Janet Bee poussa le portail en chêne massif et pénétra dans le modeste édifice où régnait une pénombre tranquille. Quelques pas précipités suffirent pour franchir une nef à quatre piliers et atteindre le chœur que fermait une grille. Par bonheur, elle n'était pas fermée.

L'archéologue poussa la grille et découvrit un autel que recouvrait une parure en soie ; au centre de l'autel, un candélabre avec six cierges allumés. Ainsi, la chapelle n'était pas désaffectée ! Elle faisait sans doute partie de la paroisse voisine qui devait y célébrer un culte de temps à autre.

Janet Bee contourna l'autel ; au pied du mur du fond, un orifice creusé dans le sol laissait apparaître les premières marches d'un escalier qui conduisait à une crypte. Elle s'y engagea, mue par une crainte respectueuse. Au bas de l'escalier, il lui fallut se courber pour entrer dans une crypte voûtée.

Sur le sol de terre battue, un sarcophage en granit, dont le couvercle manquait ; il était debout, posé contre un mur. Au bord du malaise, Janet Bee s'agenouilla et ne put retenir un cri de stupéfaction.

Le roi Arthur ! Oui, c'était bien lui, avec sa couronne d'or, son sceptre, son bouclier, son habit de chevalier et l'emblème de la Table ronde ! Pourtant, il ne s'agissait pas d'un squelette, mais du cadavre d'un homme âgé d'une cinquantaine d'années, au visage d'une grande force et d'une parfaite sérénité.

Janet Bee crut perdre la raison.

Des pas résonnèrent derrière elle ; toujours agenouillée, elle se retourna.

– Que faites-vous ici, mademoiselle ?

CHAPITRE II

L'ex-inspecteur-chef Higgins referma son exemplaire du *Burke's Peerage*, la bible de l'aristocratie britannique qui n'enregistrait que les lignées authentiques et faisait une chasse impitoyable aux faussaires et aux usurpateurs. Il constata que ses apports à la Société Royale d'Histoire avaient été pris en compte et que l'incessante quête de la vérité progressait de quelques modestes pas. Certes, il fallait aussi consulter le *Domesday Book* qui recensait les terres des nobles afin d'obtenir une vision complète ; dans ce domaine, la Société Royale de Géographie pouvait encore apporter d'utiles compléments. Si ses multiples occupations lui en donnaient le loisir, Higgins développerait un jour ses théories sur l'histoire ancienne de *The Slaughterers,* petit bourg paisible du Gloucestershire où était sise sa demeure familiale aux murs de pierre blanche, au porche soutenu par deux colonnes, aux fenêtres XVIIIe à petits carreaux, rythmant deux étages disposés selon le Nombre d'Or, et au toit d'ardoise.

Devant la paisible demeure, située hors du fracas du monde moderne, coulait la petite rivière Eye qu'enjambait un minuscule pont de bois. Higgins l'empruntait chaque matin, après avoir pris son breakfast et lu le *Times,* afin de goûter au plaisir d'une longue promenade dans la forêt, sous une pluie fine et constante. L'automne s'annonçait splendide : nuages bas et lourds, ondées fréquentes, fraîcheur vivifiante. L'ex-inspecteur-chef passerait de longues heures devant son feu de bois à lire de bons auteurs et à caresser son chat siamois, Trafalgar, qui ne manquait pas de lui rappeler l'heure du repas.

Plutôt trapu, de taille moyenne, les cheveux noirs, les tempes grisonnantes, la lèvre supérieure ornée d'une moustache poivre et sel toujours impeccablement taillée et lissée à la perfection, Higgins avait un air débonnaire. Il inspirait confiance et jouissait d'un don naturel pour calmer les nerfs de son prochain et attirer ses confessions ; un certain nombre de criminels avaient oublié que son œil malicieux et inquisiteur perçait l'âme jusqu'au tréfonds et que son esprit à la fois méthodique et intuitif ne reculait devant aucun difficulté.

L'ex-inspecteur-chef ôta son trench-coat aux boutons de bois et alluma le feu dans la grande cheminée du salon avec la ferme intention de somnoler une demi-heure avant de s'occuper de ses rosiers ; une maladie subite le contraignait à préparer un remède naturel destiné à éviter la prolifération des pucerons.

À sa grande surprise, Trafalgar était absent. D'ordinaire, il digérait longuement son breakfast à base de harengs frais, d'œufs au bacon et de feuilleté aux pommes. Higgins inspecta le petit salon du rez-de-chaussée où trônaient quelques souvenirs d'Orient, un Bouddha souriant, un paravent japonais du XVIIIe siècle et un buffet laqué de Cathay ; mais il était plus facile d'identifier un criminel que de trouver la cachette d'un chat.

Cette entorse aux habitudes troubla l'ex-inspecteur-chef qui respectait le rythme du siamois ; Trafalgar n'étant pas fugueur, un drame devait être sur le point d'éclater.

Depuis qu'il avait quitté Scotland Yard pour apprécier les joies d'une retraite anticipée, Higgins vivait loin des turpitudes humaines. Restait Mary, la gouvernante âgée de soixante-dix ans et plus solide qu'un roc. Après avoir traversé deux guerres mondiales et une bonne trentaine de crises économiques, Mary affirmait une inébranlable confiance en Dieu et en l'Angleterre. Elle ne détestait que la police, repaire de brigands et de malandrins, mais se repaissait des scandales qui s'étalaient à la première page du *Sun*.

Alors que Higgins luttait contre l'intrusion d'un modernisme qu'il jugeait aussi pernicieux qu'inutile, Mary perdait son temps à regarder des émissions de télévision ou à bavarder au téléphone avec des amies plus jeunes, qu'elle qualifiait de « ma vieille ». Depuis quelque temps, un espoir avait surgi : sur les conseils de l'une d'elles, Mary avait décidé d'apprendre le violoncelle. Dédaignant tout enseignement, elle massacrait avec allégresse la gamme et ses variantes. Un jour, peut-être, réussirait-elle à émettre des sons harmonieux ; Higgins rêvait d'un duo qui restituerait la somptueuse sonate *Arpegionne* de Schubert pour piano et violoncelle.

À dix heures quinze, Trafalgar n'était pas réapparu. Cette fois, l'affaire devenait grave ; le siamois ne manquait jamais ce rendez-vous qui lui permettrait d'obtenir un léger en-cas avant le déjeuner. Il ne restait plus qu'une solution : demander à Mary si elle avait recueilli une information intéressante.

Higgins traversa le salon et se dirigea vers la cuisine de la gouvernante, domaine privé où il n'avait pas coutume de pénétrer. Devant l'entrée, le violoncelle. Et sur l'instrument, Trafalgar. Le chat avait réussi à se faufiler entre les cordes, non sans en avoir abîmé une, et sommeillait au cœur de la nouvelle coqueluche de Mary. Si elle s'en apercevait, les représailles seraient terribles.

À voix basse, Higgins appela Trafalgar. Dans ses intonations, il tenta de doser fermeté et politesse. S'il se montrait trop autoritaire, le chat bouderait et refuserait de bouger ; mais s'il suppliait, le siamois le mépriserait et n'obéirait pas davantage.

Trafalgar dressa les oreilles ; ses yeux s'entrouvrirent.

– Si nous allions au salon ? proposa Higgins. Nous pourrions goûter une tourte au saumon et lire un peu de Shakespeare.

Faire appel à la seule gourmandise du siamois eût été inconvenant ; Trafalgar, quoique gastronome, n'était pas insensible à l'atmosphère culturelle de la demeure et écoutait volontiers son hôte lire des passages de *la Tempête* ou jouer des pages de Mozart au piano. Sensible aux égards dont il faisait l'objet, il leva la patte avant droite.

À cet instant, le téléphone sonna dans la cuisine de Mary. La gouvernante décrocha.

– Il faudrait nous hâter, recommanda Higgins.

Le siamois ne tenta pas le diable. Avec une habileté que seuls possèdent les félins, il s'extirpa de sa niche. Mary ouvrit la porte et contempla Higgins avec étonnement.

– Ha ! vous êtes là ! Tant mieux... on vous demande au téléphone. Un nommé MacCullough, membre de votre cercle archéologique.

L'ex-inspecteur-chef demeurait penché sur le violoncelle.

– C'est bien ce que je craignais, déplora-t-il ; j'ai entendu une sorte de claquement. L'une de vos cordes a cédé.

– Je m'en occuperai moi-même.

Higgins alla répondre. Malcolm MacCullough était l'un des meilleurs commissaires-priseurs du Royaume-Uni et appartenait au cercle très restreint des amis de Higgins, un havre de paix où ne régnaient ni la trahison ni la lâcheté ; réunis officiellement pour confronter leurs recherches érudites, ils se livraient à d'autres activités non moins importantes, comme le partage des souvenirs et la dégustation de bons vins. MacCullough avait coutume de travailler la nuit et de dormir le jour ; son appel, si tard dans la matinée, devait correspondre à un événement grave.

– Pardon de t'importuner, Higgins, mais je suis très inquiet...

– Aurais-tu égaré un livre ancien ?

– Tout est en ordre, rassure-toi... il s'agit d'une amie que je considère comme extrêmement douée, une petite médiéviste qui s'appelle Janet Bee.

– Que lui arrive-t-il ?

– Elle a disparu depuis plus d'une semaine.

– Comment peux-tu l'affirmer ?

– Nous avions rendez-vous chez moi pour dîner. Elle n'est pas venue et ne s'est même pas excusée, ce qui est tout à fait contraire à son éducation.

Malcolm MacCullough n'avait qu'un défaut : il se prenait pour un excellent cuisinier. Higgins, qui avait dû absorber de redoutables plats aux sauces inédites et des desserts plus qu'insolites, comprenait un peu la jeune fille.

– As-tu prévenu ses proches ?

– Elle vit seule, à Cambridge. Ses collègues la considèrent comme une chercheuse particulièrement douée.

– Je te sens très inquiet.

– Je le suis... d'autant plus qu'elle m'avait confié un grand projet, sous le sceau du secret. Aujourd'hui, je dois parler.

– Je t'écoute, Malcolm.

– Janet Bee était certaine d'avoir découvert l'endroit où est enterré le roi Arthur.

– Ce ne serait pas la première.

– Certes, mais elle n'est pas une farfelue ! Sa connaissance des textes médiévaux est exceptionnelle.

– T'a-t-elle indiqué l'endroit où elle se rendait ?

– Ayefield. Si tu pouvais...

– Me rendre sur les lieux ?

– J'ose à peine te le demander.

CHAPITRE III

Scott Marlow, superintendant de Scotland Yard, se battait avec une pile de dossiers administratifs sans cesse plus complexes. Il passait jours et nuits dans son bureau ultra-moderne, plus occupé à pourchasser les erreurs de classement que les criminels endurcis ; d'aucuns eussent cédé au désespoir, mais le superintendant était un homme de devoir. Comment faire respecter la loi au-dehors si l'on ne mettait pas d'abord de l'ordre chez soi ?

Quand il vit Higgins pousser la porte vitrée et s'asseoir en face de lui, Scott Marlow crut être victime d'une hallucination. L'ex-inspecteur-chef, bien qu'il eût pris sa retraite, passait encore pour le meilleur nez du Yard ; promis aux plus hautes destinées, Higgins avait préféré indépendance et isolement, loin de bureaux et de salons où se pratiquaient des politiques qu'il désapprouvait. En maintes occasions, cependant, on avait dû faire appel à lui, surtout lorsque le scandale pointait. Marlow éprouvait une grande admiration pour Higgins, quoiqu'il désapprouvât une tendance certaine à la mystique et un manque d'analyse scientifique des dossiers, indispensable dans la police moderne ; Higgins appréciait la rigueur professionnelle de son collègue et son honnêteté foncière. Ces qualités étaient devenues si rares qu'il fallait les porter au pinacle.

– Comment allez-vous, mon cher Marlow ?

– Surmené comme le Yard.
– Ne devriez-vous pas vous aérer quelque temps ?
– La campagne ne me réussit guère ; comment sortir de Londres, avec cette pile de rapports à lire ?
Higgins sembla contrarié ; de l'index droit, il lissa sa moustache poivre et sel.
– Dommage… j'aurais eu besoin de vos services.
Cette phrase, dans la bouche de Higgins, était une rareté.
– Auriez-vous des ennuis ?
– Il s'agit d'une jeune personne chère à un ami.
Selon certaines rumeurs, Higgins n'avait pas manqué de succès féminins ; aussi Scott Marlow se demanda-t-il, de manière légitime, si cet « ami » n'était pas l'ex-inspecteur-chef lui-même.
– Dans quelle branche exerce-t-elle ?
– Archéologue et médiéviste à Cambridge.
– Que lui est-il arrivé ?
– Elle a disparu.
Le superintendant fronça les sourcils.
– En êtes-vous certain ?
– Tout à fait certain.
Higgins ne parlait pas à la légère ; cette affirmation avait donc été vérifiée.
– Janet Bee est une personnalité fort originale ; la découverte dont elle pourrait être l'auteur bouleverserait l'histoire de l'Angleterre et intéresserait sans doute la famille royale.
Scott Marlow sentit que l'affaire devenait grave. Tout ce qui concernait la famille royale le touchait au plus haut point ; ne rêvait-il pas d'appartenir au corps de protection rapprochée de Sa Majesté la reine Élisabeth II, la plus belle femme du monde ?
– Il faut m'en dire davantage, Higgins.
– Janet Bee était persuadée d'avoir identifié l'endroit où se trouvait la tombe du roi Arthur.
– Du roi Arthur ? C'est vraiment sérieux ?

– Janet Bee est une érudite de grand renom.

– Avez-vous un début de piste ?

– Elle a disparu à Ayefield, un village perdu aux confins de l'Écosse et de l'Angleterre.

– En ce cas, une visite sur place et l'affaire sera résolue !

– Je le souhaite, superintendant.

– En douteriez-vous ?

Higgins ne répondit pas sur-le-champ.

– Il faut prévoir le pire, dit-il avec gravité. J'ai préparé une mallette de voyage et je vous conseille de faire de même.

Scott Marlow s'assombrit.

– Disposeriez-vous d'informations graves ?

– Non. Un simple pressentiment.

Le superintendant se leva.

– Si le roi Arthur doit être identifié, déclara-t-il avec solennité, c'est au Yard de le faire.

*
**

La vieille Bentley que Marlow avait achetée à un revendeur plutôt douteux aimait l'air de la campagne ; sa carburation s'allégeait, ses soupapes respiraient comme dans leur jeunesse, son moteur ronronnait avec un dynamisme surprenant. Elle s'engageait avec entrain sur les petites routes entretenues avec amour par nombre de cantonniers bénévoles ; bien que fort étroites, elles traversaient des paysages tendres et recueillis où s'abritaient manoirs, cottages et maisons anciennes. Scott Marlow n'avait pas le temps d'apprécier les haies, les vergers et les prés car il négociait sans cesse des virages ; aucune route, en effet, ne devait provoquer l'abattage d'un vieux pommier ou la destruction d'un oratoire celtique. C'est pourquoi le ruban d'asphalte contournait chaque vestige d'un passé qu'il fallait préserver.

– Étrange région, constata Higgins en consultant une carte routière. La Société Royale de Géographie devrait s'y intéresser de plus près ; quantité de détails manquent.

La pluie régulière et constante rendait la circulation dangereuse ; Scott Marlow se débrouillait bien, attentif à ne pas écraser un canard ou un hérisson.

– Nous arrivons, indiqua Higgins.

– Que savons-nous sur Ayefield ?

– Un bourg bien étrange... d'après mes dictionnaires, c'est un site abandonné depuis le début du siècle. Il ne reste plus qu'un château médiéval.

Le superintendant donna un coup de volant malencontreux, rata de peu un fossé et remit la Bentley en ligne.

– S'il n'y a personne, qui pourrons-nous interroger ?

– Ne désespérons pas, mon cher Marlow ; la situation a peut-être évolué. Et cette campagne est si jolie... pourquoi l'humanité a-t-elle inventé les villes ?

Scott Marlow ne s'engagea pas sur ce terrain dangereux ; il s'arrêta à un croisement d'où partaient des chemins de terre.

Higgins descendit afin de déchiffrer des inscriptions, presque effacées, gravées sur une pierre qu'avaient usée le vent et la pluie. Il compara les indications avec celles que lui fournissaient sa carte.

– À droite, la forêt ; à gauche, le château.

Marlow s'engagea sur la gauche, non sans hésitation.

– Cet endroit est sinistre.

– Difficile de prétendre le contraire, reconnut Higgins. L'âme la plus endurcie s'y sentirait mal à l'aise.

– Votre protégée n'aurait pas dû venir seule ici.

– Sans doute ne connaissait-elle pas l'endroit.

Le chemin de terre, creusé d'ornières qui rendaient la progression très difficile, passait entre deux haies vives où poussaient des églantiers et des ronces.

– Il me faudra refaire la peinture de la Bentley, se

plaignit Marlow. Nous quittons la civilisation, par saint Georges !

– Ce n'est pas impossible.

La vieille voiture souffrait ; ses amortisseurs gémissaient.

– Faut-il vraiment continuer ?

– Allons au moins jusqu'au château ; nous ne devrions plus en être loin.

Marlow connaissait le caractère têtu de son collègue ; inutile de tenter de le faire revenir sur sa décision. Vaillamment, la Bentley continua donc à avancer.

Soudain, le chemin de terre déboucha sur une vaste esplanade. Les deux hommes eurent l'impression de changer de monde, comme s'ils sortaient d'un long tunnel et découvraient un continent perdu, très éloigné de l'Angleterre du XXe siècle.

Un château médiéval dressait fièrement ses tours vers le ciel.

CHAPITRE IV

Le puissant édifice était bâti sur une butte qu'encadrait un fossé d'une quinzaine de mètres de large ; de gros murs continus étaient couronnés de donjons et de tours que reliait entre eux un chemin de ronde. L'ensemble avait une allure rébarbative et hostile.

Scott Marlow coupa le contact ; les deux policiers descendirent et contemplèrent longuement le château.

– Sinistre bâtisse, jugea le superintendant.

– Elle est en moins bon état qu'il n'y paraît ; certaines pierres se descellent. Si une restauration n'est pas effectuée, l'édifice ne tardera pas à menacer ruine.

– L'ensemble est très ancien.

– XIIe siècle.

– J'aperçois de la fumée... c'est peut-être votre médiéviste qui se chauffe à un bon feu de bois.

– Le ciel vous entende, superintendant.

– Allons-y et finissons-en.

Les deux hommes passèrent sous un porche de pierre délabré qu'encadraient deux grands chênes ; au sommet du porche était sculpté un chevalier en armure. Sous la figure du héros, une inscription.

Ici commence le domaine de la Table ronde

Higgins sortit son carnet noir, son crayon finement taillé, et dessina ce qu'il observait. Lorsqu'il eut terminé, il suivit Marlow sur le sentier qui menait à un lac sur la surface duquel évoluait un cygne noir. Deux immenses thuyas ornaient le rebord du point d'eau.

Au pied de l'un d'eux, une femme était assise et lisait un parchemin.

Scott Marlow s'approcha et toussota ; la jeune femme aux yeux verts et aux cheveux noirs leva la tête. Court vêtue malgré la température et l'humidité, élégante sans ostentation, elle affichait une trentaine resplendissante et charmeuse. Son regard avait quelque chose de magique et d'envoûtant. Le superintendant, naturellement méfiant, se sentit pourtant conquis.

– Pardonnez-nous cette intrusion, mademoiselle.

– En quoi puis-je vous être utile ?

– Superintendant Marlow, de Scotland Yard, et inspecteur Higgins.

– La police, à Ayefield ?

– Ne vous inquiétez pas ! Une simple enquête de routine.

– À quel propos ?

– Nous recherchons une jeune médiéviste, Janet Bee.

– Je ne la connais pas. À quoi ressemble-t-elle ?

Higgins montra la photographie que lui avait fait parvenir MacCullough.

– Jolie fille... un peu insolente et sans doute très curieuse.

– Seriez-vous voyante, mademoiselle ?

Elle regarda Higgins avec attention.

– Vous intéressez-vous aux phénomènes étranges, inspecteur ?

– Pourquoi refuserais-je le mystère, s'il peut m'aider à élucider une enquête ?

Elle hocha la tête, étonnée.

– Vous êtes un curieux policier.

– Auriez-vous rencontré beaucoup de membres de Scotland Yard ?

Elle sourit, amusée.

– Chercheriez-vous à me faire dire que ce domaine fut l'objet de nombreuses accusations ? Rassurez-vous : j'y habite depuis toujours et c'est la première fois que la police de Sa Majesté nous rend visite.

Désemparé, Scott Marlow voulut revenir au concret.

– Quel est votre nom, mademoiselle ?

– Viviane Carrey.

– Êtes-vous la propriétaire de ce château ?

Elle se tourna vers le puissant édifice.

– Ce château n'appartient à personne, sinon à la confrérie de la Table ronde. Il faut en parler avec respect et vénération.

– Le roi Arthur y réside-t-il ? demanda Higgins.

– C'est son fief, en effet.

– Nous accordera-t-il audience ?

– Il gouverne et il décide. Mais...

Viviane Carrey se leva.

Scott Marlow recula d'un pas. Cette femme le subjuguait. Sans doute était-elle folle à lier, enfermée dans un passé qu'elle croyait toujours présent ; mais sa voix, son visage, son allure et ses gestes faisaient d'elle une redoutable sirène.

– Souhaiteriez-vous entrer au château, messieurs ?

– C'est notre vœu le plus cher, répondit Higgins. Nous aimerions savoir si quelqu'un a vu Janet Bee et a conversé avec elle.

Viviane Carrey ôta la broche et les épingles qui retenaient son chignon ; elle laissa pendre ses longs cheveux qui descendirent jusqu'aux reins. Son corsage en soie laissait deviner des formes splendides et sa jupe blanche, assez courte, dévoilait des jambes d'une rare finesse.

– Entrer au château du roi Arthur... c'est très difficile.

– Pourquoi donc ?

– Qui n'est pas d'un noble lignage ne saurait franchir victorieusement les épreuves.

– Ce blason vous suffira-t-il ?

Higgins montra à Viviane Carrey une reproduction de ses armes familiales ; la jeune femme ne dissimula pas sa surprise.

– Vos ancêtres ont fait partie de la Table ronde !

L'ex-inspecteur-chef fut heureux d'avoir relu quelques milliers de pages consacrées à la chevalerie et à la légende arthurienne avant d'entreprendre une enquête qu'il pressentait ardue. Il ne précisa pas que le superintendant Marlow jouait le rôle de son écuyer ; un descendant de chevalier ne pouvait décemment se déplacer seul.

Viviane Carrey fit quelques pas sur l'étroit chemin qui montait vers le pont-levis, puis s'arrêta brusquement et se tourna vers les deux hommes.

– Vous devriez quand même renoncer, inspecteur.

– Des périls nous menacent-ils ?

– De grands périls.

– Expliquez-vous, exigea Scott Marlow. Ce château est sur le territoire de la Couronne et il ne doit pas échapper à la loi.

– La loi qui règne ici, rétorqua Viviane, est celle de la Table ronde. Elle est la plus ancienne et la plus sacrée. Qui ne s'y soumet pas périt.

Higgins nota la phrase sur son carnet noir. Marlow, impressionné par la véhémence de la jeune femme, n'osa protester ; mais Scotland Yard aurait le dessus. Cette affaire devenait un combat personnel. Le superintendant ne supportait pas que des groupuscules marginaux se détachassent du Royaume-Uni qu'incarnait Sa Majesté.

– Nous persistons, décréta Higgins.

– Il n'existe que deux passages pour aller au château, révéla Viviane. Le premier est le pont de dessous l'eau.

Scott Marlow frémit. Il avait horreur de l'eau, milieu rempli de miasmes. Les meilleurs médecins considéraient même l'eau minérale comme un médicament dont il ne fallait pas abuser, alors que la bière et le whisky étaient des aliments énergétiques indispensables au bon équilibre de l'organisme.

– Le pont de dessous l'eau, répéta Higgins, songeur. Évoquez-vous le mensonge et la dissimulation ? Nous ne dissimulons rien ; je vous ai donné le but de notre enquête. Quant au mensonge, nous venons précisément pour le combattre... s'il a été commis.

Le sourire de Viviane sembla mêlé d'inquiétude.

– Vous avez franchi le premier obstacle, inspecteur ; le second est beaucoup plus redoutable. C'est le pont de l'Épée, périlleux et tranchant. Seule une pucelle comme Blancheflore peut le traverser avec insouciance.

Scott Marlow se voyait mal tenir en équilibre sur le fil d'une épée ; quel stratagème avait imaginé cette communauté de déments pour se protéger du monde ?

– Vous symbolisez ainsi l'innocence, dit Higgins avec douceur ; n'est-ce pas la qualité la plus précieuse aux yeux d'un homme du Yard ?

Viviane, soudain austère, se croisa les bras.

– Allez, messieurs, si vous en avez le courage. Moi, je reste près du lac.

CHAPITRE V

Marlow marcha légèrement derrière Higgins. Comme il l'avait prouvé en maintes occasions, le superintendant ne manquait pas de bravoure ; mais ces sortilèges venus d'un autre âge le désarçonnaient. En dépit de l'interprétation de son collègue, il se demandait si le sol n'allait pas se dérober sous ses pieds et si un esprit fou n'avait pas prévu de noyer les visiteurs ou de les passer au fil de l'épée.

Higgins semblait détendu. Son regard allait de droite et de gauche, comme s'il voulait prendre la mesure du lieu. Le chemin contournait les hauts murs et longeait le flanc de la butte. Après avoir passé un angle, les deux hommes découvrirent un merveilleux spectacle.

Devant l'entrée principale du château, un verger avait été aménagé. Un rayon de soleil perça les nuages bas et baigna d'une lumière douce le verger situé à l'ombre du château, à l'abri des vents. Là, dans cet espace protégé que les anciens nommaient « le jardin du maître », les amoureux se donnaient rendez-vous et se promenaient sous les feuillages. Au centre, une fontaine ; dans les angles, une volière, une serre, une roseraie et un carré d'herbes médicinales. Ni mur ni palissade ne brisaient la vue ; mais une muraille d'air invisible ne protégeait-elle pas des audacieux ce petit paradis ? Grâce à elle, affirmaient les vieux textes, fleurs et fruits mûrissaient, même l'hiver. Mais aucun ne pouvait être admiré ou consommé hors du verger, sous peine de flétrir ou de pourrir. Sur les rebords de marbre de la fontaine étaient perchés des dizaines d'oiseaux, bouvreuils, rouges-gorges, merles, mésanges qui chantaient en mêlant leurs voix dans un harmonieux concert.

Adossée à un pommier, une jeune fille jouait de la harpe, accompagnant les oiseaux.

Le corps bien fait, les hanches étroites, le cou blanc, le teint clair, le visage allongé, les cheveux blonds et bouclés, la bouche petite, le nez régulier, les yeux gris-bleu, les sourcils bruns, les seins hauts et petits cachés sous une cape orange, les jambes longues et les pieds fins glissés dans des sandales en cuir blanc, elle semblait perdue dans un rêve inaccessible.

À la plus grosse branche du pommier était accroché un cor de chasse qu'elle caressait de temps à autre.

– Tant de beauté est un don du ciel, murmura Higgins.

Scott Marlow marmonna un commentaire incompréhensible ; il préférait les charmes plus mûrs de Viviane. En toute objectivité, il devait néanmoins reconnaître que la jeune habitante du verger aurait fait se damner un saint. Faire son devoir était parfois bien difficile.

Les deux hommes s'introduisirent dans le verger en passant par la roseraie dont Higgins apprécia l'excellente tenue ; nul engrais chimique ne dénaturait de somptueuses « Reine Jeanne ».

À l'approche de Marlow, les oiseaux s'égaillèrent et se perchèrent sur les plus hautes branches des arbres fruitiers. La jeune fille posa sa harpe à côté d'elle.

– Scotland Yard, annonça Marlow, bourru. Je suis le superintendant Marlow et voici l'inspecteur Higgins.

– Je m'appelle Blancheflore Purcell et j'ai dix-huit ans. Que désirez-vous savoir d'autre ?

– Vous êtes donc l'innocence, dit Higgins avec un bon sourire.

La jeune fille sourit à son tour.

– Je suis pucelle, il est vrai, et peux ainsi échapper à quantité de dangers.

– Vivez-vous enfermée ici ?

Blancheflore sursauta.

– Enfermée, moi ? Vous divaguez ! Je suis ici de ma libre volonté et pourrais m'en aller à l'instant où je le souhaite. Pourquoi quitterais-je ce paradis ? Les chevaliers de la Table ronde sont dignes et respectueux, le verger est mon domaine, les jours heureux succèdent aux jours heureux. Existe-t-il destinée plus enviable ? Goûtez une pomme avec moi ; elle est succulente.

Marlow, qui se souvenait du dramatique épisode de *la Genèse*, refusa ; Higgins, sachant que la Blancheflore de la tradition médiévale était très différente d'Ève, accepta. Ses dents s'enfoncèrent dans une chair délicieuse et sucrée.

– Vous avez raison : c'est un régal.

– Il ne se produit que des miracles, dans ce verger : pas de gelées, pas d'insectes nuisibles, des fruits en abondance... Ayefield est un monde à part.

– Pourquoi êtes-vous venue ici ?

– Je suis orpheline. Le roi Arthur m'a adoptée.

– Le voyez-vous souvent ?

– Très rarement. C'est un puissant personnage, le maître de la Table ronde, et je ne suis qu'une humble pucelle qui lui doit obéissance.

Scott Marlow ne se contint plus.

– Mais enfin, mademoiselle ! Nous sommes au XXe siècle et la Table ronde a disparu depuis longtemps.

Un éclair de mécontentement traversa les yeux gris-bleu.

– Vous vous trompez, superintendant ; ses secrets et ses rites se sont fidèlement transmis de génération en génération. Le roi Arthur n'a cessé de se réincarner et son autorité ne s'est jamais éteinte.

– Nous divaguons !

– Suis-je un cauchemar ?

Marlow abandonna momentanément la lutte ; certaines règles lui échappaient. Cette fille malicieuse, à la parole vive et à l'esprit habile, se moquait de lui.

– Avez-vous rencontré cette personne ? demanda Higgins à Blancheflore en lui montrant la photographie de la médiéviste.

La pucelle examina longuement le portrait.

– Non... je ne crois pas.

Scott Marlow exploita aussitôt la faille.

– Vous ne croyez pas ou vous en êtes sûre ?

Blancheflore Purcell contint l'assaut et rétorqua avec vigueur.

– J'en suis tout à fait certaine : je n'ai jamais vu cette personne. De qui s'agit-il ?

– Janet Bee, répondit Higgins. Une spécialiste de la légende arthurienne.

– Oh ! Elle devait donc se passionner pour le château !

– Sans aucun doute ; nous avons même la certitude qu'elle y est venue.

– Pourquoi aurait-elle évité le verger ? C'est le plus beau fleuron du domaine ! Ah ! la pauvre...

– Que dites-vous ? questionna Marlow, intrigué.

– Je soupçonne son triste destin.

– Parlez, mademoiselle !

– Viviane l'aura empêchée d'entrer ; la plupart du temps, elle médite près du lac. Comme c'est une magicienne qui connaît les formules et les maléfices, elle éloigne les étrangers.

– Nous avons pourtant réussi à franchir le barrage, objecta Higgins.

Blancheflore se leva ; une bergeronnette se posa sur son épaule.

– En ce cas, inspecteur, vous êtes un magicien !

– Mademoiselle Carrey affirme ne pas avoir rencontré Janet Bee.

– Croyez-la ; elle n'a pas besoin de mentir. Tout le monde la craint.

– Vous aussi ?

– Une pucelle est inoffensive ; ma présence amuse Viviane... Comment pourrais-je lui porter ombrage ?

– La jeunesse est le plus impitoyable des dangers, ne pensez-vous pas ?

Blancheflore virevolta, aérienne, presque irréelle.

– Je n'y ai jamais songé ! Pourquoi prenez-vous des notes sur votre carnet noir ?

– Défaillance de l'âge, mademoiselle ; je ne peux plus faire confiance à ma mémoire.

– Tous mes propos sont-ils enregistrés ?

– L'essentiel.

– Il faudra que je me méfie... Oh ! pardonnez-moi... je dois me cacher. Celui-là, je ne veux pas le voir !

Blancheflore s'esquiva comme une ondine et se dissimula dans la serre, pendant qu'un vieillard à la démarche lente et auguste s'avançait dans le verger.

CHAPITRE VI

Grand, voûté, vêtu d'un manteau gris descendant jusqu'aux chevilles, coiffé d'un curieux chapeau presque conique, l'homme marchait avec difficulté en s'aidant d'une canne. Une longue barbe blanche conférait au visage un aspect solennel ; en dépit de l'âge, le regard demeurait vif et charmeur.

– Bienvenue au château de la Table ronde, messieurs, dit-il d'une voix chaude et envoûtante ; mon nom est Merlin Agleton. Ici, tout le monde m'appelle Merlin et je ne m'en offusque pas. À qui ai-je l'honneur ?

– Superintendant Marlow et inspecteur Higgins, de Scotland Yard.

– Scotland Yard ! Diable ! Un fait précis justifie-t-il votre visite ?

– Une médiéviste, nommée Janet Bee, a disparu.

– Vous m'en voyez fort marri ; des personnes de cette qualité ne méritent pas un tel sort. En quoi serions-nous responsables ?

– Janet Bee recherchait la tombe du roi Arthur, indiqua Higgins ; elle était persuadée qu'elle se trouve ici, à Ayefield.

– Par bonheur, elle se trompait ! Notre bon roi Arthur, que nous vénérons et aimons tendrement, est toujours bien vivant !

– Êtes-vous sérieux ? demanda Scott Marlow.

Merlin Agleton le tança.
– Scotland Yard est-elle une police sérieuse ?
– Je ne vous permets pas d'en douter !
– Eh bien, moi, je ne vous permets pas de douter des croyances de la Table ronde ! Elles sont éternelles, comme l'eau et le feu. Arthur est notre guide et notre sauveur. Allons nous asseoir sur le rebord de la fontaine ; mes vieilles jambes ne supportent plus longtemps le poids de mon corps.
Merlin s'assit entre Higgins et Marlow ; le bruit régulier de la fontaine était un plaisir de l'ouïe. L'ex-inspecteur-chef nota que le vieillard était solidement charpenté.
– Le roi Arthur acceptera-t-il de nous recevoir ? interrogea Marlow, nerveux.
– Il prend seul ses décisions. Il est notre souverain et nous lui obéissons.
– N'êtes-vous pas son conseiller privilégié ? suggéra Higgins.
– Le roi sollicite parfois mes avis, je l'admets ; il prend en compte l'expérience et les ans ; mais nul ne peut et ne doit l'influencer ; ce serait une faute grave qui mettrait en péril notre royaume.
– De quelle manière subsistez-vous ? s'inquiéta le superintendant.
– Au roi d'assurer notre subsistance ; il dirige et nous agissons. Le château appartient à la Table ronde à laquelle nous appartenons. Notre existence est simple et tranquille... du moins, elle l'était.
Scott Marlow reprit espoir ; enfin, quelqu'un avouait !
– Jusqu'à la venue de Janet Bee ?
Merlin leva des yeux étonnés.
– De qui ?
– La jeune archéologue.
– Ah ! J'avais oublié son nom.
– L'avez-vous rencontrée, ici, à Ayefield ?
– D'aucune manière, jeune homme.

– Pourquoi votre existence n'est-elle plus aussi simple et tranquille ?

Merlin posa les mains à plat sur ses genoux.

– Vous connaissez la terrible prédiction : « La Table ronde doit finir comme elle commence. Elle commence par un roi et doit finir par un roi. »

– Souvenez-vous du début de l'*Ode au roi méhaigné* de Harriett J.B. Harrenlittlewoodrof, qui date de sa période celtisante, rappela Higgins.

Relève-toi, ô roi las de tant de conquêtes,
Au bras que fatigue l'épée Excalibur
Ton cœur meurtri finira-t-il la quête
Que fidélité et chevalerie assurent ?

– Superbe poésie, estima Merlin. Elle ne me console pas, hélas !

– Quel est le drame qui vous cause tant de tourments ?

Le vieillard regarda dans la direction de la serre.

– Blancheflore s'est cachée là, n'est-ce pas ?

– Exact, répondit Marlow. Elle semble vous fuir.

– Un simple jeu entre nous ! Cette petite est charmante, mais effrontée ; n'est-ce pas le lot des pucelles ? Baissons la voix, messieurs. Elle ne doit pas entendre ce que je vais vous dire. Lorsque je réfléchis, je suis persuadé que c'est le ciel qui vous envoie ; nul, mieux que vous, ne pourrait résoudre l'énigme qui m'obsède depuis une semaine.

Merlin se concentra ; ses aveux lui coûtaient.

– Le roi Arthur n'a pas réuni son conseil.

– A-t-il donné des explications ? demanda Higgins.

– Justement, non. À deux ou trois reprises, dans le passé, il a invoqué des raisons de santé. Cette fois, le silence.

– Qui devait assister au conseil ?

– Les deux chevaliers Lancelot Heath et Perceval

Watts ; le frère d'Arthur, Mordret ; l'épouse du roi, Guenièvre ; et moi-même.

– Ni Viviane, ni Blancheflore ?

– En effet.

– Qui a revu le roi Arthur depuis ce conseil manqué ?

– Je l'ignore, inspecteur. D'ordinaire, il ne me tient pas à l'écart aussi longtemps.

– Redouteriez-vous... une disparition ?

Merlin s'insurgea.

– Ça n'aurait aucun sens ! Un roi ne quitte pas son royaume !

– Qui était Arthur ?

– Un homme riche, bon et généreux, qui avait quitté son poste de capitaine d'industrie pour se consacrer totalement à la vocation royale que les membres de la Table ronde lui avaient reconnue. Ses quartiers de noblesse, sa filiation, ses vertus ne laissaient subsister aucun doute : c'était bien lui le successeur du grand Arthur. Sans lui, nous ne sommes plus rien et notre petite communauté court à la ruine. Au nom de la Table ronde, je vous le demande : retrouvez le roi Arthur !

CHAPITRE VII

– Si nous pouvons faire quelque chose... dit Scott Marlow, ému.

– Je vais vous introduire au château et vous présenter à la reine Guenièvre. C'est la première démarche à effectuer. Suivez-moi et ne déviez pas du chemin que je vous indiquerai ; ce vieux château est plein de pièges.

Le superintendant éprouva une vive antipathie à l'encontre de Merlin Agleton ; le vieillard lui parut sec de cœur, prétentieux et manœuvrier. S'il existait un coupable dans cette affaire, il lui paraissait tout désigné.

Le trio passa sur le pont-levis abaissé et entra dans une cour austère fermée par une seconde enceinte qui ressemblait à la première ; forge, menuiserie, boulangerie, pressoir et lavoir étaient autrefois installés à cet endroit, formant un village intérieur qui subvenait aux besoins du châtelain. À ces installations s'ajoutaient une écurie, un chenil et un pigeonnier.

Dans un angle, à côté de la chapelle, se dressait un impressionnant donjon, haut d'une quarantaine de mètres. Comme celui de la Tour de Londres, où Higgins avait eu à résoudre une incroyable énigme, il était édifié sur une section carrée. L'unique porte s'ouvrait à plus de quatre mètres du sol ; un escalier en bois, facile à ôter en cas d'agression, permettait d'y accéder.

Merlin, avec lenteur, grimpa marche par marche.

Higgins apprécia le silence qui régnait à l'intérieur du château ; l'énorme bâtisse semblait abandonnée aux fantômes des chevaliers et aux souvenirs de leurs exploits. Au sommet de l'escalier, il contempla la cour intérieure qui ne cédait en rien à l'architecture des plus beaux châteaux anglais ; les survivants de la Table ronde avaient su choisir un site à la hauteur de leurs ambitions.

Merlin introduisit les deux policiers dans la grande salle du donjon dont le plancher de bois était couvert de tapis d'Orient aux couleurs vives et chaudes ; là se donnaient les concerts des troubadours et des trouvères, là dînaient les maîtres et leurs hôtes de marque. Les fenêtres étaient des baies voûtées en plein cintre, fermées par des grilles métalliques ; des torches et des lampes à huile éclairaient l'immense pièce dont les murs s'ornaient de tapisseries relatant les exploits des chevaliers de la Table ronde. Des tentures permettaient de s'isoler ; c'est précisément derrière l'une d'elles que se tenait Guenièvre, l'épouse du roi.

– Attendez-moi un instant, demanda Merlin.

Nul ne pouvait être insensible à la majesté des lieux ; l'esprit du Moyen Âge héroïque y régnait avec force.

Scott Marlow dut admettre qu'il ne détestait pas ce climat où l'honneur et la vaillance étaient les valeurs premières ; de plus, les meubles, fauteuils, banquettes, dressoir pour pièces d'orfèvrerie, armoires, témoignaient d'une solidité ancestrale et d'une moralité aussi carrée que leur style. Cette époque, songea le superintendant, ne tolérait pas la décadence et les mœurs dissolues. Redonner un sens chevaleresque au Yard ne serait peut-être pas une mauvaise idée.

Merlin souleva un pan de la tenture.

– La reine vous attend, messieurs ; je l'ai informée de votre qualité.

Marlow et Higgins pénétrèrent dans l'étrange salon où se tenait la femme du roi ; sur le sol, des lys et des iris. Aux murs, des fourrures. Guenièvre était assise sur un trône en chêne ; vêtue d'une longue robe rouge aux liserés d'or, grande, superbe, la reine, âgée d'une cinquantaine d'années, en paraissait vingt de moins. Son élégance naturelle et sa beauté sereine éblouirent les deux policiers. Merlin lui-même, pourtant habitué à voir Guenièvre, éprouvait à chaque rencontre une profonde émotion.

Guenièvre délaissa la tapisserie qu'elle ne parvenait pas à terminer. Le buste droit, elle serra l'encolure en zibeline aux fermaux d'or ; la doublure en hermine s'ornait d'une hyacinthe et d'un rubis. Si la beauté acceptait de s'incarner dans un visage de femme, c'était celui de Guenièvre qu'elle avait choisi.

– Soyez les bienvenus, dit-elle d'une voix de velours qui faisait fondre les cœurs. Qui vous envoie ?

– La nécessité d'une enquête, répondit Higgins.

– Ne soyez pas inquiète, dit Merlin, apaisant.

– Inutile de me dissimuler la vérité ; cette fois, je veux tout savoir.

– Les turpitudes humaines doivent épargner notre reine.

– Puis-je vous demander de vous taire, Merlin ?

Vexé, le vieillard se tassa sur sa canne. Guenièvre jeta à Higgins un regard inquiet.

– Parlez, inspecteur, et ne me cachez rien.

– Nous recherchons une médiéviste nommée Janet Bee. Elle est venue ici avec la certitude d'identifier le tombeau d'Arthur ; voici sa photographie.

L'ex-inspecteur-chef présenta le document à Guenièvre.

– L'auriez-vous rencontrée ?

– Non, inspecteur. Qui avez-vous interrogé ?

Higgins consulta son carnet noir.

– Viviane Carrey, Blancheflore Purcell et Merlin Agleton.

– L'un d'eux vous a-t-il fourni une indication ?

– Hélas non !

– J'en suis également incapable ; détenez-vous la preuve du séjour de cette jeune femme sur nos terres ?

– Elle est venue ici, c'est certain ; mais peut-être s'est-elle dissimulée pour mener à bien ses investigations.

– Le château est immense.

Guenièvre se leva, avec une suprême élégance. Lasse, elle s'approcha d'une fenêtre étroite qui donnait sur la forêt.

– Il est une autre disparition qui hante mon esprit : celle de mon mari.

– Disparition ? Est-ce le mot juste ?

– Je crains que oui, inspecteur. Il n'a pas réuni son conseil la semaine dernière et je ne l'ai pas revu après son départ pour la chasse. D'ordinaire, il reste absent deux ou trois jours ; voici une semaine qu'il est invisible.

– Janet Bee a également disparu depuis une semaine, rappela Higgins.

– Rien ne prouve une quelconque relation entre les deux événements, jugea Marlow ; votre mari avait-il prononcé le nom de cette femme devant vous ?

– Non, superintendant.

– Qui est réellement votre mari ?

La question surprit la reine ; elle contrôla son émotion.

– Arthur Stone occupait le premier rang dans le monde des affaires, mais son unique passion était la poésie du Moyen Âge. Il avait le sentiment d'appartenir à cette époque, de lui être redevable de sa chance. Lorsque nous nous sommes rencontrés, ce fut un coup de foudre ; quand je lui révélai mon prénom, il fut frappé par l'éclair. Arthur et Guenièvre ! C'était comme un rêve fou qui prenait corps. Ensemble, nous avons cherché un château où subsisteraient des traces de la Table ronde. Arthur avait étudié quantité de textes et de cartes ; sa conclusion fut que le bourg d'Ayefield, autrefois appelé « le pas d'Arthur », avait été beaucoup trop négligé. Nous éprouvâmes quelques difficultés à le retrouver, car le site était abandonné depuis longtemps. Ce fut l'éblouissement. Nous eûmes le sentiment d'avoir toujours vécu ici. Arthur commença à restaurer le château, créa le verger de ses mains, répara les meubles... notre présence attira d'abord Merlin, puis Viviane, le frère d'Arthur, ses amis Lancelot et Perceval, enfin Blancheflore.

– Des prénoms d'emprunt, je suppose ?

– Pas du tout, superintendant. Tous prirent conscience qu'ils étaient des héritiers plus ou moins lointains de la Table ronde et que leur passé leur dictait une forme d'existence en rapport avec leurs devoirs ancestraux. La Table ronde s'est reformée d'elle-même ; à l'unanimité, ses nouveaux membres en ont donné la direction à mon mari. Arthur ne recherche pas les honneurs ; il n'aime que le silence et la solitude. Mais il croit au destin ; aussi n'a-t-il pas fui ses responsabilités. Son but était de faire de ce château un havre de paix où les fidèles de la Table ronde viendraient s'asseoir afin de mettre fin à leur errance et vivre sereinement aux côtés de leurs semblables.

– Admirable idéal, jugea Marlow, mais quelque peu utopique.

– Arthur vous démontrera le contraire.

– Avait-il confiance en l'espèce humaine ? demanda Higgins.

– Il répétait souvent cette phrase, qui fait partie de la Règle de la Table ronde : « Un roi ne doit pas nourrir la crainte en son cœur, mais la hardiesse et l'espoir. »

Higgins nota les paroles d'Arthur.

– Si votre mari est parvenu à tenir cette ligne de conduite, il mérite respect et admiration.

– Vous pouvez les lui accorder, inspecteur ; c'est ainsi qu'il dirige notre confrérie. Tout autre état d'esprit lui eût paru inconvenant.

– Pardonnez ma propre inconvenance, madame, mais votre mari n'a-t-il jamais été victime d'une trahison ?

– Elle serait incompatible avec l'idéal chevaleresque. Puis-je vous demander, messieurs, de m'aider à retrouver

Arthur ? Je suis de plus en plus inquiète ! Acceptez de rester parmi nous le temps nécessaire, je vous en prie ; Merlin vous emmènera à vos chambres après avoir consulté notre intendant.

Higgins s'inclina en cassant le buste ; Marlow l'imita avec maladresse.

CHAPITRE VIII

– Voici votre chambre, dit Merlin ; c'est la plus belle du château, après celle du roi et de la reine qui est d'ailleurs juste en dessous. D'ordinaire, c'est Lancelot qui l'occupe.

Higgins, de la baie cintrée que fermait une grille ancienne, découvrit le sublime paysage au cœur duquel trônait le château ; la forêt profonde semblait s'étendre à l'infini, à l'exception d'une lande qui évoquait la terre « gaste » des romans du Graal.

Scott Marlow logeait de l'autre côté de la cloison en bois ; les deux policiers occupaient le sommet du donjon, auquel ils avaient accédé par un escalier plutôt raide. Marlow n'appréciait guère cela, à l'époque des ascenseurs ; Higgins, au contraire, l'estimait indispensable pour son arthrose des genoux. Juste au-dessus d'eux, le chemin de ronde, les créneaux et les mâchicoulis.

Higgins demeura longtemps perdu dans sa contemplation d'un monde oublié qui resurgissait avec une force peu commune ; la nouvelle émergence de la Table ronde s'accompagnait pourtant de deux disparitions aussi énigmatiques l'une que l'autre. Janet Bee n'était-elle qu'une archéologue en quête de découverte extraordinaire, ou bien avait-elle tenté de rejoindre la confrérie de la Table ronde ? Cette dernière théorie s'effondrait, puisque Janet n'était pas un prénom ancien.

Restait une étrange question : Arthur et Janet Bee s'étaient-ils rencontrés ? Mieux encore, le roi avait-il fixé rendez-vous à la médiéviste, à moins que ce ne fût l'inverse ? Higgins ne chercha pas à répondre immédiatement. Il ne disposait que d'un trop mince dossier et ne devait être l'esclave d'aucun a priori ; travaillant comme un vieil alchimiste, il laissait les éléments s'accumuler dans le creuset de la réflexion et se gardait d'émettre des théories qui eussent obscurci son regard.

On frappa à la porte, l'ex-inspecteur-chef ouvrit.

Un homme carré, les cheveux coupés ras, le visage ingrat gratifié de grandes oreilles décollées, vêtu à la manière d'un paysan, se tenait bien droit.

– Voici votre bagage, inspecteur. Je me présente : Perceval Watts.

Le personnage ne devait pas avoir plus de vingt-cinq ans ; de lui émanait une incroyable impression de force.

– Merci de votre bienveillance.

– C'est tout naturel ; j'aime rendre service. Quand même...

– Un détail vous inquiète ?

Perceval Watts dansa d'un pied sur l'autre.

– À dire vrai... vous n'êtes pas chevalier !

– Ce n'est plus de mon âge ; mes ancêtres ont rempli cette belle fonction, rassurez-vous.

– Ah, je comprends tout ! En ce cas, vous êtes à votre place parmi nous.

– Avez-vous rencontré une jeune femme, Janet Bee ?

Higgins montra la photo à Perceval ; ce dernier s'attarda.

– Elle est mignonne... si je l'avais rencontrée, je ne l'aurais pas laissée partir ! Évidemment, je n'ai pas eu cette chance.

– Seriez-vous malchanceux ?

Perceval se gratta la tête.

– Si jamais l'amour d'une haute personne a soutenu mon courage, si la douceur d'aimer a fait passer sur moi sa grâce puissante, si jamais m'a salué une dame adorable, tout cela, aujourd'hui, fuit farouchement ma personne, triste et désireuse... c'est beau, non ? J'ai lu ça dans un vieux texte.

– La littérature arthurienne est riche de nobles sentiments, reconnut Higgins ; de quelle dame voulez-vous parler ? Blancheflore, peut-être ?

Perceval Watts rougit.

– Non, non. C'est juste de la poésie... mon problème, c'est de ne pas vivre une aventure grandiose, comme les grands chevaliers qui ont honoré la Table ronde.

– Auriez-vous commis une faute grave contre sa Règle ?

Le jeune homme baissa les yeux.

– Honnêtement, je ne crois pas... mais comment savoir ? Le roi Arthur est le seul juge. Il m'a dit que j'étais un compagnon audacieux, à l'esprit simple et sans calcul, capable de se consacrer à la quête du Graal et de tout abandonner pour elle.

– Beaux compliments, ne trouvez-vous pas ?

– Si, bien sûr, mais je souhaiterais davantage !

– Qu'attendez-vous ?

– Que le roi me donne le sens de ma quête personnelle.

– Ce n'est guère conforme à l'esprit chevaleresque, objecta Higgins.

Perceval Watts tapa du poing contre le mur.

– Par tous les saints du paradis, vous avez mille fois raison ! C'est à moi de dénicher un gros dragon et de lui percer le ventre ! En attendant, je fais cent petits métiers au château.

– Voilà qui n'est pas déshonorant, au contraire ; un chevalier doit savoir se débrouiller dans n'importe quelle situation.

– J'aimerais mieux monter plus souvent à cheval et jouter sans retenue !

– Est-ce Arthur qui vous en donne le droit ?

– Il fixe les dates et les règles des tournois ; cette tâche fait partie de son rôle.

– Savez-vous pourquoi Arthur n'a pas réuni son conseil, la semaine dernière ?

– Aucune idée.

– L'avez-vous revu, depuis ce rendez-vous manqué ?

– Non.

– Une telle absence ne doit pas être dans ses habitudes.

– Vous pouvez le dire ! Tous ceux qui vivent au château ont beau éprouver Arthur, ils ne peuvent découvrir en lui aucun vice. Quand vous le connaîtrez, vous serez subjugué, comme nous tous.

– Qui a nommé Arthur roi ? demanda Higgins en prenant des notes.

– Il s'est imposé de lui-même. Comme le dit la tradition, « le ciel a montré ses intentions ; l'homme désigné par lui doit être roi sans aucune élection par quiconque ». Qui s'opposerait au ciel commettrait un péché mortel. Où dois-je poser votre bagage ?

– Près de la cheminée.

– Je vous ai apporté un baquet que je remplirai d'eau chaude quand vous le désirerez. Si vous avez besoin de quelque chose, appelez-moi par la fenêtre. J'habite dans l'ancienne forge et j'ai l'ouïe très fine ; si je ne vous réponds pas rapidement, c'est que je prends un peu de repos dans la grande salle du donjon. À bientôt, inspecteur.

Perceval Watts claqua la porte un peu trop violemment ; il ne sentait pas sa force.

CHAPITRE IX

Higgins prit le temps de se changer avant de descendre dans la grande salle du donjon. Il accrocha à deux énormes clous en bois son imperméable *Tielocken,* tout à fait infroissable, et vérifia le pli de son pantalon de flanelle de chez *Trouser's,* dans Regent Street.

La chambre était vaste et dépouillée : un grand lit pourvu d'une couette, deux coffres bas pour les vêtements, une table rustique et un siège à haut dossier. On était loin du confort douillet d'un palace de la Côte d'Azur, mais cette rudesse et cette simplicité ne déplaisaient pas à l'ex-inspecteur-chef. Il alluma lui-même le feu de bois préparé dans la cheminée en pierre ; la pluie avait doublé d'intensité et le vent se levait. La nuit serait un peu fraîche.

Le blazer bleu marine à ses armoiries conviendrait à la suite de l'enquête. La moustache bien lissée, Higgins se sentit prêt à affronter l'ultime avatar de la Table ronde. Il emprunta néanmoins l'escalier avec précaution, de manière à ménager ses genoux qui, par bonheur, le laissaient en paix. Il avait emporté son remède d'urgence, un flacon d'Arnica Rhus Toxicodendron préparé par la pharmacie Nelson's, qui lui éviterait opération et consultation de spécialistes aussi peu fiables que l'ordinateur central du Yard.

Sur le seuil de la grande salle, Scott Marlow conversait

avec un homme de petite taille, à la peau fripée et au front bas ; plutôt rondouillard, il flottait dans un costume aussi mal taillé que celui du superintendant. La cinquantaine alerte, il gesticulait et parlait fort.

Dès qu'il vit Higgins, il se précipita vers lui.

– Ah ! inspecteur, comme je suis content de vous voir ! Veuillez d'abord accepter mes excuses.

– Vous ne m'avez pas offensé, que je sache.

– Mon nom est Mordret Stone ; je suis le frère du roi Arthur et j'aurais dû vous accueillir.

– Mon collègue et moi ne nous étions pas annoncés ; vous étiez donc pardonné d'avance.

– Grâce soit rendue à votre civilité ! Le superintendant Marlow m'a tout expliqué : nous sommes la proie d'un véritable maléfice !

– Avez-vous rencontré Janet Bee ?

– Non, inspecteur.

– Vous savez pourtant qu'elle est venue ici.

– Votre présence le prouve ; Scotland Yard ne se serait pas dérangé en vain. Mais quelle était la véritable intention de cette jeune femme ?

– Découvrir la tombe du roi Arthur.

Mordret Stone sembla sceptique.

– En ce cas, ne serait-elle pas venue au château pour rencontrer son propriétaire ?

– Une archéologue aussi passionnée se comporte parfois comme une espionne ; une trouvaille comme celle-là l'aurait rendue célèbre. Elle a misé sur le secret et la discrétion.

– Je comprends... hélas, ce n'est pas la seule disparition qui nous préoccupe ! Je n'ai pas revu mon frère depuis une semaine. L'annulation du conseil m'a surpris, comme les autres chevaliers ; ni Arthur ni la reine n'ont fourni la moindre explication. Puis le roi est sorti pour chasser le sanglier ; d'ordinaire, il emmène un chevalier avec lui et ne s'absente guère plus de deux jours.

– Un chasseur acharné ?

Mordret sourit.

– Il ne prend aucune arme. Ce qu'il aime, c'est se perdre au cœur de la forêt et se trouver face à face avec un vieux solitaire bougon afin d'entamer le dialogue avec lui. Arthur a le don d'apprivoiser les bêtes les plus féroces.

De son écriture fine et rapide, Higgins prenait des notes.

– La reine Guenièvre nous a demandé, au superintendant et à moi-même, de résider au château le temps nécessaire pour résoudre cette énigme.

– Elle a eu parfaitement raison, jugea Mordret ; soyez nos hôtes et aidez-nous à retrouver Arthur. Sans lui, je crains que notre confrérie ne se disloque rapidement. Ce serait grande tristesse.

– Comment votre Table ronde s'est-elle formée ?

– C'est le mariage de mon frère avec Guenièvre qui a tout déclenché. Ni l'un ni l'autre ne croient au hasard, ils se sont sentis investis d'un devoir sacré et ont ressuscité ce château. Quand ils m'ont invité, j'ai eu le coup de foudre. Cette existence-là me plaisait ; j'ai peu à peu abandonné mon entreprise de presse en déléguant mes responsabilités à des collaborateurs dévoués et j'ai apporté ma pierre à l'édifice. Faire revivre la Table ronde, n'est-ce pas plus exaltant que d'abreuver les gens de nouvelles plus ou moins fausses ?

– Je vous le concède ; l'existence n'est-elle pas trop monotone, en ces lieux reculés ?

– La journée est chargée, je vous rassure ! Comme nous refusons le modernisme et ses inventions inutiles, nous devons chasser, pêcher, cultiver, couper du bois, réparer les toitures... Arthur m'a donné l'ordre de coordonner les efforts. J'en suis fier, je vous l'avoue, et je veux me montrer digne de sa confiance. Mais si le maître a disparu... comment ne pas être désemparé ?

– Auriez-vous commencé à mener votre propre enquête ?

Mordret Stone parut gêné ; il se passa la main dans ses cheveux noirs où se creusait un début de tonsure.

– C'est stupide... mais je n'y ai pas songé. Les uns et les autres, nous attendions à voir le roi franchir le pont-levis d'un instant à l'autre. En vous parlant, je m'aperçois que nous avons été insouciants... beaucoup trop insouciants.

Le regard se voila de tristesse et d'inquiétude.

– Scotland Yard est dans vos murs, dit Scott Marlow, rassurant. Puis-je utiliser le téléphone ?

– Il n'y a pas de téléphone, superintendant.

– Fâcheux... j'eusse aimé mettre en branle le service des personnes disparues.

– Nous verrons cela plus tard, indiqua Higgins, énigmatique. Le roi Arthur ne saurait être un quelconque fugueur.

L'ex-inspecteur-chef regarda Mordret Stone droit dans les yeux ; lors de ce genre d'épreuve qu'il imposait parfois à un témoin, Higgins lui fouillait l'âme.

– Je dois vous demander d'être tout à fait sincère, M. Stone.

– Je suis prêt, inspecteur.

– Votre frère n'a-t-il pas intérêt à se démettre de sa charge et à se dissimuler ?

Mordret Stone sembla stupéfait.

– Pour quelle raison, grand Dieu ?

– Une faillite, peut-être... ce domaine doit être un gouffre à livres sterling.

– Soyez sans crainte, inspecteur ! La fortune d'Arthur est loin d'être épuisée. La mienne n'est pas négligeable. À nous deux, nous subvenons sans peine aux besoins de la Table ronde. À part Blancheflore, les autres résidents disposent également de ressources. Notre situation financière est excellente ; quand vous le souhaiterez, je vous montrerai les livres de comptes de la société que nous avons constituée pour gérer le château et dont Arthur est le président. Vous vous apercevrez que nos placements ont été judicieux et que le roi, dans ce domaine comme dans les autres, peut présenter un bilan très positif.

– Il me faudra chercher un autre chemin.

– J'ignore lequel... la disparition d'Arthur est inexplicable.

Scott Marlow avança une hypothèse.

– N'a-t-il pas reçu de menaces ?

– À ma connaissance, nous n'avons pas d'ennemi. Le premier village se trouve à plus de cinquante kilomètres. Cette région est oubliée de tous, si sauvage qu'aucun touriste ne s'y aventure. Ici, nous ne portons ombrage à personne et n'avons jamais entretenu le moindre conflit avec quiconque.

Le superintendant sentit qu'il devait renoncer à un bon vieux crime de rôdeur, avec battues, enquêtes locales et traque systématique.

– Avez-vous vu tous les membres de notre confrérie ? demanda Mordret Stone.

Higgins consulta son carnet.

– Je n'ai pas eu le privilège de croiser le chemin de Lancelot Heath.

– Il reviendra bientôt de la chasse... puis-je vous convier à prendre un verre dans la grande salle ?

Le superintendant acquiesça.

CHAPITRE X

Toutes les tentures de la grande salle avaient été tirées ; un immense espace s'offrit à l'œil ; la reine Guenièvre, assise sur son trône, avait repris sa tapisserie, indifférente à ce qui se passait autour d'elle. Merlin Agleton discutait avec Viviane Carrey qui avait refait son chignon ; près de la grande cheminée, Perceval Watts sculptait une tête de chevalier dans un morceau de chêne. Blancheflore Purcell jouait une musique douce et nostalgique à la harpe.

Sur un dressoir étaient disposés un hanap, grand vase en métal monté sur un pied et muni d'un couvercle, et des gobelets en étain.

Mordret souleva le couvercle et huma le bouquet du vin vieux.

– Produit de nos vignobles, à base de cépages bourguignons.

Le frère d'Arthur versa avec délectation le magnifique liquide rubis. Dès qu'il y trempa les lèvres, Higgins sut qu'il se trouvait en présence d'un vin exceptionnel, digne des plus grands égards. La nouvelle Table ronde se montrait à la hauteur de la réputation de l'ancienne.

La reine accepta un gobelet, Viviane également ; Blancheflore le refusa ; Perceval Watts et Scott Marlow vidèrent le leur avec un bel entrain, tandis que Mordret et Higgins se comportaient avec davantage de modération. Le jeune Perceval sortit de l'âtre des beignets aux herbes et aux aromates que le superintendant dégusta avec plaisir. Bien qu'il les jugeât un peu trop cuits, Higgins en apprécia la finesse ; il conseillerait au cuisinier d'ajouter un peu de safran.

– Cette situation ne peut plus durer, déclara Viviane d'une voix suffisamment forte pour être entendue de tous.

La reine leva la tête.

– Scotland Yard est dans nos murs, ma chère ; proposez-vous une meilleure solution ?

Viviane, presque provocante, traversa la grande salle, et s'assit aux pieds de Guenièvre.

– Qui oserait s'opposer à vos décisions, Majesté ? La réputation de Scotland Yard est rassurante, certes, mais la police connaît-elle les lois de la chevalerie ?

Scott Marlow, gobelet en main, se campa fièrement devant la souveraine.

– Par ma voix, le Yard s'engage à retrouver le roi Arthur.

Higgins jugea que le vin de la Table ronde montait vite à la tête ; mais il ne pouvait s'opposer à la parole de son collègue et devait lui offrir aide et assistance.

– Le ciel vous entende, superintendant, déclara Merlin avec componction.

– J'espère, ami Merlin, que vous n'avez pas fait disparaître notre souverain avec quelque enchantement extrait de votre besace !

La remarque ironique de Mordret n'amusa pas le vieillard.

– Comment osez-vous proférer pareille supposition ?

Blancheflore cessa de jouer.

– Un jongleur de votre espèce est capable des pires tours.

– Mademoiselle ! Ne me devez-vous pas le respect ?

– Ne dois-je pas vous renvoyer la pareille, monsieur le magicien ? On dit que vous pouvez transformer vos ennemis en insectes !

– Le roi Arthur n'était pas mon ennemi !

– Un instant, intervint Higgins.

L'ex-inspecteur-chef venait d'apercevoir un machaon en perdition. Plus connu sous le nom de porte-queue, le splendide papillon aux ailes jaunes rayées de noir cherchait en vain à s'échapper. Habitué à dialoguer avec quantité d'espèces, Higgins réussit à le convaincre de se poser sur le dos de sa main gauche ; il le transporta ainsi jusqu'à une fenêtre d'où le machaon prit son envol.

– Ne seriez-vous pas un peu sorcier ? demanda Viviane, intriguée.

– J'ai eu de la chance et ce papillon était coopératif.

– Viviane vous a peut-être aidé, suggéra Blancheflore ; la sorcellerie n'a plus aucun secret pour elle.

La jolie brune aux yeux verts ne s'émut guère.

– On m'attribue bien des pouvoirs que je ne possède pas.

– Deviendriez-vous modeste ?

– Prudente, répondit Viviane d'une voix sucrée ; oublieriez-vous que Scotland Yard observe nos faits et gestes ?

– Vous sentiriez-vous coupable d'un méfait ? s'enquit la reine.

– Certainement.

Ce simple mot provoqua un trouble certain dans l'assistance.

– Expliquez-vous, exigea Perceval.

– Je me reproche de n'avoir point prévu la disparition du roi Arthur. Un homme de cette trempe ne s'éclipse pas sans raisons sérieuses ; j'aurais dû percevoir son trouble, même s'il donnait le change.

– Ce trouble n'existait pas, affirma la reine. Arthur était en excellente santé et il remplissait sa tâche avec un enthousiasme intact.

– Pourquoi, en ce cas, a-t-il annulé le conseil ? s'enquit Merlin.

– Je l'ignore, déplora Guenièvre. Cette fois, il ne m'avait pas fait part de ses intentions.

Higgins s'approcha de Perceval qui s'apprêtait à cuire une nouvelle fournée de beignets.

– Sans vous offenser, ne pourriez-vous ajouter une pincée de safran ?

– J'ai respecté la recette à la lettre.

– La lettre est faite pour être violée.

– Comme vous voudrez.

Le jeune homme s'exécuta à contrecœur. Blancheflore gémit.

– Comment pouvez-vous songer à manger alors que la Table ronde est décapitée ? Sans le roi Arthur, nous sommes de nouveau condamnés à l'errance.

– Ne soyez pas si pessimiste, dit Merlin ; Arthur reviendra bientôt.

– Et s'il ne revenait pas ?

La question de Blancheflore glaça l'assistance. Les mains de Guenièvre se crispèrent sur les accoudoirs du trône ; le sourire charmeur de Viviane se figea ; Merlin serra sa canne avec vigueur ; Perceval se concentra sur la cuisson des beignets ; Mordret tira sur les pans de sa veste.

– Pourquoi émettez-vous cette hypothèse, mademoiselle ?

– Parce que je déteste l'hypocrisie. Tout le monde y pense et personne n'ose la formuler. Un accident, ça existe !

– De quelle nature ?

– Je ne sais pas, moi... il a pu tomber de cheval !

– C'est bien étrange, remarqua Perceval Watts dont les grandes oreilles étaient rougies par le feu de la cheminée. Jamais le roi Arthur ne partait seul.

– Quel était son compagnon favori ? demanda Higgins.

– Moi, répondit le jeune chevalier avec fierté. Plus d'une fois, j'ai écarté le danger ; le roi avait confiance en ma force. Ce n'est pas Merlin, même avec l'aide de sa magie, qui pouvait chevaucher des heures durant ; quant à Mordret, il préfère le vin, le confort et les promenades.

– Je n'ai plus la vigueur de la jeunesse, reconnut le frère du roi ; mais je pourrais encore tenir l'épée dans un tournoi.

– Vous quereller serait bien inutile, déclara la reine ; notre intérêt commun est de voir revenir le roi au plus vite. Si l'un d'entre vous dispose d'un indice quelconque, que votre langue se délie. Peut-être mon mari s'est-il confié sans que je le sache ; ce serait pour moi profonde blessure, mais l'heure n'est plus à la susceptibilité.

Merlin Agleton agita les bras, impuissant. Perceval Watts hocha la tête négativement ; Mordret Stone l'imita. Viviane Carrey adressa à Guenièvre un regard désolé ; Blancheflore Purcell baissa ses yeux gris-bleu.

– Fouillez bien dans vos mémoires, recommanda le superintendant ; un geste, une attitude, une parole insolites pourraient nous être utiles.

Chacun se concentra, mais l'effort ne porta aucun fruit.

Higgins tournait une page de son carnet noir lorsque les deux battants de la grande porte de chêne s'ouvrirent avec fracas.

Apparut un homme de haute stature, vêtu de blanc. De longs cheveux noirs seyaient à un visage racé, au nez aquilin, aux pommettes bien dessinées et aux lèvres charnues. L'athlète aux muscles puissants respirait à la fois la santé et l'élégance.

Sa voix grave déchira le silence.

– Par le roi, que se passe-t-il ici et qui sont ces deux étrangers ?

CHAPITRE XI

Perceval Watts s'avança vers l'arrivant.

– Lancelot... toi, enfin !

Les deux hommes se donnèrent l'accolade.

– Sois sans crainte, Lancelot : ces deux hommes sont le superintendant Marlow et l'inspecteur Higgins de Scotland Yard.

– J'ignore la crainte, Perceval, tu le sais. Pourquoi la police investit-elle notre château ? S'il faut les bouter d'ici, je suis prêt !

La reine se leva.

– Paix, Lancelot ! C'est moi qui leur ai donné l'ordre de rester. L'inspecteur occupe votre chambre.

Le chevalier mit un genou au sol et se frappa la poitrine.

– Vos ordres sont sacrés, ma souveraine. J'ai juré d'obéir à la règle de la Table ronde et je n'ai qu'une parole. Pour moi, un serment est éternel.

– Je compte sur vous pour prêter assistance à ces messieurs.

Lancelot Heath se releva.

– Il en sera selon votre désir. Mais où se trouve Arthur, notre roi ?

Le visage de Guenièvre s'assombrit.

– Nul ne le sait. Il a disparu depuis une semaine.

Le chevalier à la haute stature s'avança dans la grande salle et dévisagea chacune des personnes présentes.

– Quelle est cette fable ? Jamais mon roi ne quittera ses chevaliers ! Il est le maître de la Table ronde, celui qui rend la justice sans se soucier de sa personne, celui qui répartit les tâches et les devoirs... sans lui, nous serions orphelins et errants ! Des preux et des valeureux chevaliers qui ont rendu hommage au roi Arthur, beaucoup ont disparu, mais lui demeure, immortel, inaccessible à la vilenie ; quand il adoube ses preux et reçoit leur hommage, le roi les fait vivre.

Higgins apprécia la noblesse du discours. Le Lancelot de cette nouvelle Table ronde s'inspirait visiblement de son devancier que les textes qualifiaient de « soleil de toute la chevalerie ». Scott Marlow jugea le personnage grandiloquent, mais sympathique et sincère ; sa fougue emportait l'adhésion et le respect qu'il portait au roi Arthur était perceptible dans chacune de ses paroles.

– Assieds-toi et bois un peu de ce bon vin, proposa Perceval.

Le chevalier accepta.

– Bien que je n'aie pas coutume de ressentir la fatigue, je crois en éprouver les prémices... Que signifie ce spectacle ? En ce château règne d'ordinaire la joie ! Vos mines sont sombres et défaites !

– Il faut vous rendre à l'évidence, dit la reine avec tristesse : le roi a réellement disparu.

– Pourquoi avait-il annulé son conseil ?

– Nul ne le sait.

– Ensuite ?

– Il est parti chasser.

– Avec qui ?

– Seul.

– Ce n'est pas son habitude !

Perceval proposa un beignet à Lancelot qui le mangea sans y prêter attention, puis regarda le jeune homme avec étonnement.

– Excellent ; cette fois, tu as dosé le safran à la perfection... Mais l'un d'entre nous sait forcément où le roi est allé !

Lancelot ne rencontra que des visages fermés ; il vida son gobelet et se remit debout.

– Nous devons faire notre police nous-mêmes. Ce n'est pas à Scotland Yard de soulever le voile de nos mystères.

– À présent, si, déclara Higgins d'une voix tranquille.

Le chevalier et l'inspecteur se défièrent du regard. Ni l'un ni l'autre ne céda.

– Vous êtes un rude gaillard, inspecteur.

– Un peu plus que cela, chevalier. Jetez un œil au blason brodé sur ma veste.

Lancelot Heath fut stupéfait.

– Ce sont les armoiries de votre famille ?

– Bon sang ne peut mentir.

– Alors, vous êtes des nôtres !

Sans prévenir, Lancelot donna une accolade chargée de toute sa puissance ; par bonheur, Higgins disposait encore de certains réflexes et il avait appris, en Orient, à recevoir des coups violents sans être blessé.

Lancelot Heath ne dissimula pas sa satisfaction.

– Je suppose que le gros homme mal fagoté vous sert d'écuyer ? murmura-t-il à l'oreille de l'ex-inspecteur-chef.

– En quelque sorte.

– Parfait ! affirma Lancelot, radieux. Il n'est ici que bonnes gens ; buvons encore un peu de vin pour éclairer notre esprit avant de partir en quête du roi Arthur !

Scott Marlow appréciait de plus en plus ce bel athlète qui avait le sens des situations.

– D'où venez-vous ? lui demanda Higgins, bonhomme.

– Du plus profond de la forêt, où j'ai galopé des jours durant.

– Chasse ?

– Deux sangliers, un cerf, lapins et faisans... la chère sera bonne. Ni la pluie ni le vent ne m'arrêtent.

– N'auriez-vous pas rencontré cette jeune personne ?

Lancelot Heath regarda la photographie de la médiéviste.

– Visage buté mais intelligent, regard tenace, belle allure... elle ne doit pas passer inaperçue. Qui est-ce ?

– Janet Bee.

– Désolé, inspecteur ; je ne la connais pas.

– Elle est pourtant venue ici avec l'intention d'identifier la tombe du roi Arthur.

– Curieuse démarche ! Ignorait-elle que notre roi ne meurt pas ?

– Il disparaît, et elle aussi. Étiez-vous proche d'Arthur ?

– Autant que peut l'être le premier chevalier qu'il a adoubé. Rencontrer Arthur a changé ma vie en une seconde. Je menais une existence facile, oisive et mondaine grâce à la fortune que m'avaient léguée mes parents ; jamais je n'avais réfléchi au prénom que je portais et aux origines chevaleresques de ma famille. L'exemple d'Arthur m'a bouleversé ; un voile s'est déchiré et je suis venu vivre ici. Vous devriez en faire autant ; le monde extérieur ne vous semblera bientôt plus que fadaise, tumulte et chaos.

– À condition de retrouver le roi.

– Nous y parviendrons, foi de Lancelot !

– À une autre condition.

– Laquelle, inspecteur ?

– Que tous les habitants de ce château soient innocents.

– Innocents... mais quel crime pourraient-ils avoir commis ?

– L'assassinat du roi Arthur.

CHAPITRE XII

Un cataclysme n'aurait pas déclenché autant d'effroi que les paroles prononcées par Higgins.

– Vous n'avez pas le droit, dit Guenièvre, atterrée.

– J'en ai le devoir, affirma Higgins.

Merlin intervint, acide.

– Un crime... c'est bien ce que vous envisagez ?

– Exactement.

– Il faudrait un mobile, ironisa Viviane.

– Certes, mademoiselle.

Lancelot interrompit le duel.

– Nous nous égarons... la Table ronde doit respecter sa tradition d'hospitalité. Préparons un grand banquet en l'honneur de nos hôtes ; si le ciel nous est favorable, notre roi le présidera !

La reine Guenièvre acquiesça. Chacun se mit à l'œuvre, conformément à des tâches connues d'avance.

*
**

Matines à minuit, laudes vers trois heures, prime vers six heures, tierce avant neuf heures, sixte à midi, none avant quinze heures, vêpres vers dix-huit heures... les cloches de la chapelle, maniées par les chevaliers de la Table ronde, continuaient à rythmer le temps, comme au Moyen Âge.

Lorsque complies sonnèrent, peu avant vingt et une heures, Higgins sut que le banquet était prêt. Vêtu d'une veste de smoking grenat avec un nœud papillon assorti et d'un pantalon blanc, il passa chercher le superintendant dont le costume gris froissé faisait peine à voir. Las, la corpulence de Marlow n'était pas facile à vêtir et Higgins ne pouvait même pas lui prêter un complet.

– Je ne savais pas que ce serait si habillé, déplora le superintendant.

– Les amoureux du Moyen Âge adorent le décorum ; nous serons un peu ridicules, vous et moi, mais le Yard en a vu d'autres.

– Ma cravate convient-elle ?

– Ne changez rien, mon cher Marlow, et affrontons bravement l'épreuve.

Les deux hommes descendirent dans la salle la plus basse du donjon où se célébraient les banquets de la Table ronde.

À leur entrée, Perceval sonna de la trompe et les convives se levèrent. Les femmes portaient de longues robes rouges et vertes, dont la splendeur se réhaussait de bijoux d'or ; Guenièvre était couronnée et sa beauté éclipsait le charme étrange de Viviane et la fraîcheur juvénile de Blancheflore. Le pelisson d'hermine de la reine mettait en valeur son teint parfait. Merlin était vêtu d'une robe argentée, tandis que Mordret, Lancelot et Perceval rivalisaient d'élégance dans leurs bliauds, robes de soie à large encolure, aux manches mi-longues, qu'une large ceinture au fermoir de rubis serrait à la taille. Sous le bliaud, une chemise de lin, et des braies, caleçons de toile fine. Les hommes portaient des gants en peau, les femmes gardaient les mains nues. Leurs soutiens-gorge étaient des voiles de mousseline d'une infinie délicatesse, laissant apparaître le globe des seins.

Scott Marlow dut admettre que la mode moderne marquait une nette régression par rapport à celle du Moyen Âge ; non seulement ces costumes n'étaient pas aberrants, mais encore ils témoignaient d'un art de vivre où sensualité et noblesse faisaient bon ménage. Un instant, le superintendant s'imagina en braies et en bliaud auprès d'Élisabeth II, aussi rayonnante que Guenièvre.

Higgins fut sensible à l'atmosphère du lieu ; la salle du banquet, voûtée d'ogives, était en partie creusée dans le sol. De grands candélabres l'éclairaient faiblement, de manière à créer une intimité entre les convives. Au milieu de la salle, un foyer d'où jaillissait une flamme ; des nappes d'une blancheur immaculée recouvraient de longues tables sur lesquelles étaient disposés de nombreux plats.

Marlow se souvint de ses lectures de Tennyson et du goût qu'éprouvait l'époque victorienne, l'apogée de la civilisation britannique, pour la légende du Graal et la morale chevaleresque. Le mouvement religieux oxfordien ne vantait-il pas, avec raison, le courage, la loyauté et la pureté ? La quête du Graal ne guérissait-elle pas l'homme de ses maux et de ses vices ? Et puis des tables garnies comme celle-là emportaient l'adhésion.

Guenièvre invita Higgins à s'asseoir à sa droite et Marlow à sa gauche. À droite de Higgins, Viviane Carrey ; puis l'angle de la table principale et une nouvelle table formant équerre où étaient installés Mordret Stone et Perceval Watts. À gauche de Marlow, Blancheflore ; puis, selon le même arrangement, Lancelot Heath et Merlin Agleton.

Guenièvre déplora l'absence de son mari, mais tint à honorer ses hôtes comme il l'aurait fait lui-même s'il avait pu présider le banquet. Dans la vaisselle d'or et d'argent furent servis hanche de cerf au poivre chaud, chevreuil, caille, chapon, anguille, huîtres cuites et saumon. De multiples sauces relevaient les mets, à l'oignon, au romarin, au thym, au poivre ou au cumin. Des vins additionnés de miel servaient aussi d'assaisonnement. Un grand cru, provenant d'un vignoble médiéval du comté de Gloucester, fut servi dans des coupes en or. Imitant les autres convives, Marlow étala les sauces sur des tranchoirs, longues tranches de pain aux figues. À une belle variété de légumes succédèrent poires et pêches cuites, dattes, grenades, fouaces, pains d'épice, beignets et gingembre d'Alexandrie. Grâce aux épices, ces riches nourritures semblaient légères ; Marlow les apprécia sans modération. Cette fois, il ne regrettait pas d'avoir quitté son bureau londonien pour une campagne perdue.

Higgins, tout en savourant les mets, ne cessait d'observer. Malgré la bienveillance et la politesse de ses hôtes, il ressentait la présence permanente d'un danger. Était-il tombé au cœur d'un complot ou contrariait-il les plans d'un assassin qui ne s'attendait pas à l'arrivée inspirée du Yard ? La seule certitude qu'avait obtenue l'ex-inspecteur-chef pendant les premières heures de son enquête était bien mince mais non négligeable ; il savait que rien n'était encore perdu et qu'il pouvait encore soulever le voile à condition de prendre un maximum de précautions.

– Appréciez-vous le menu ? demanda la reine.

– Vous féliciterez votre cuisinier, Majesté.

– Perceval et Blancheflore ont ressuscité de vieilles recettes qui séduisent le palais.

– Malgré la tristesse de ce moment, vous me semblez bien entourée.

– C'est vrai, inspecteur ; Mordret est la générosité même. Il a le cœur sur la main et a conquis l'affection de tous ; mon mari n'a pas confié le trésor de la Table ronde et la gestion de nos biens à un ingrat. Chacun bénéficie de ses largesses lorsqu'il en a besoin. Lancelot est l'honneur, le courage et la vertu personnifiés ; il méprise la fatigue et la souffrance. Merlin est la vivacité d'esprit incarnée, malgré son âge ; on dit de lui qu'il apparaît et disparaît à son gré et que les secrets de l'univers se cachent sous son chapeau. Perceval peut sembler rude, plus proche des paysans que des chevaliers ; mais il croit à l'idéal de la Table ronde et saura le défendre contre vents et marées. Son cœur est aussi droit que sa tête est carrée. Quels meilleurs compagnons pourrais-je souhaiter ?

– Vous ne parlez pas de Viviane et de Blancheflore.

– Une femme doit-elle parler d'une autre femme ? Ma position, de plus, m'interdit de leur adresser des louanges ou des critiques ; si chacun tient son rang, l'harmonie est préservée.

La voix de Guenièvre était douce et ferme à la fois ; en elle, l'autorité naturelle n'avait pas étouffé la tendresse.

– Mon métier est parfois bien difficile, déplora l'ex-inspecteur-chef.

– Auriez-vous une question indiscrète à me poser ?

– Votre perspicacité est redoutable.

– Arthur m'a appris à devenir lucide.

– C'est justement de lui que je voulais vous parler.

– J'aime mon mari et nous nous entendons à merveille, car nous avons le même idéal : faire vivre la Table ronde. Notre entente, je vous en donne ma parole, n'est pas une façade.

– Pourquoi la mettrais-je en doute ?

– Vous êtes un homme redoutable, M. Higgins ; combien de criminels avez-vous identifiés ?

– Hélas, madame, je n'ai aucune mémoire ; l'esprit chevaleresque n'affirme-t-il pas que seul compte l'instant présent ?

– M. Higgins, promettez-moi de me dire la vérité.

– Je veux bien essayer.

– Croyez-vous que vous retrouverez mon mari ?

Higgins demeura silencieux.

– Refusez-vous de me répondre ?

– Je ne le peux pas, madame. Pas encore.

Le banquet se termina dans une atmosphère plutôt

sinistre ; personne n'osait plaisanter ou rire. L'absence du roi Arthur pesait trop lourdement sur les esprits.

Peu avant minuit, Perceval demanda à la reine l'autorisation de sortir de la salle du banquet pour aller sonner matines ; Guenièvre se retira, suivie des convives.

CHAPITRE XIII

Higgins fouilla la chambre de Marlow pour la troisième fois. Il souleva les couvercles des coffres, regarda sous le lit, secoua la couette, inspecta le rebord des fenêtres.

– Mais enfin, Higgins ! Que redoutez-vous ?

– Un attentat.

– Contre moi ?

– Contre vous, contre moi ou contre nous deux. La meilleure solution consisterait à dormir à tour de rôle.

Le superintendant se gratta la tête.

– Bonne stratégie, mais je vous avoue que j'ai apprécié ce plantureux dîner et que le sommeil commence à me gagner.

– Dormez, mon cher Marlow ; je veillerai.

– Pourquoi tant d'inquiétude, Higgins ?

– Parce que nos hôtes ont commis une faute grave qui prouve que leur conscience n'est pas en paix.

– Laquelle ?

– Souvenez-vous du *De Virtutibus lapidum* d'Arnoldus Saxo, plus particulièrement du passage célèbre où il évoque les étoiles qui se sont transformées en pierres précieuses, chargées de l'essence divine ; l'une de ces pierres est tombée du ciel. *Lapis exillis*, elle est devenue le Graal.

– Le Graal... n'est-ce pas une coupe précieuse ?

– Une coupe taillée dans cette pierre céleste, précisément.

– En quoi concerne-t-elle notre enquête ?

– Le premier devoir de la Table ronde, superintendant, consiste à rechercher le Graal. Cette quête incessante doit aboutir, de manière à ce que la confrérie préserve ce trésor précieux entre tous. Pourquoi personne n'a-t-il évoqué le Graal, alors qu'il devrait être le souci premier de tous ceux que nous avons rencontrés ?

L'argumentation de Higgins ébranla Marlow.

– Si je vous suis bien, vous supposez que cette nouvelle Table ronde a mené sa quête jusqu'à un terme et qu'elle a trouvé le Graal.

– Pourquoi pas ?

Le superintendant s'assombrit.

– Arthur possédait le Graal... on l'a tué pour le voler.

– C'est l'une des hypothèses, reconnut Higgins. Il en existe bien d'autres.

– Si personne n'en a parlé, ils sont tous complices !

– Peut-être.

– C'est évident, Higgins !

– Rien n'est encore évident... sauf le danger.

– Et si Janet Bee était venue chercher le Graal ? Si elle était complice d'Arthur ?

– Vos questions sont excellentes ; à nous de les poser à bon escient. Sinon, le Graal disparaîtra. Dormez-bien, mon cher Marlow.

*
**

Sur la courtepointe et sur la couette étaient dessinées des étoiles d'or ; Higgins admira le fini du travail, après avoir procédé à des ablutions sommaires. Perceval avait eu la bonne idée de remplir le baquet d'eau chaude et de déposer deux brocs et un plat à barbe ; aussi l'ex-inspecteur-chef put-il se brosser les dents avec un dentifrice aux algues, sans oublier de mener l'entreprise verticalement et horizontalement.

Après avoir enfilé un pyjama bleu nuit et une robe de chambre d'un rouge profond de chez *Harborow,* dans New Bond Street, Higgins s'allongea sur son lit. Il se contenta de fermer les yeux, donnant à son cerveau l'ordre de ne pas dormir. Cette vieille technique orientale permettait de se reposer sans sombrer dans le sommeil.

Laudes sonnèrent ; la pluie avait cessé de tomber et la pleine lune illuminait un ciel pommelé. Higgins chantonnait des airs du *Cosi fan tutte* de Mozart, tout en réfléchissant aux nombreux événements de la journée ; d'innombrables fils s'entremêlaient, des contradictions saillaient, des mensonges rôdaient. Sans doute était-il trop tôt pour trancher dans le vif.

Un craquement des plus sinistres alerta l'ex-inspecteur-chef.

Dans l'obscurité, il n'était pas facile d'en situer l'origine ; Higgins tendit l'oreille quand il se reproduisit une deuxième puis une troisième fois... alors se succédèrent une série de craquements, de plus en plus rapprochés.

Le plafond... le plafond était en train de céder !

Sans froisser sa robe de chambre, mais sans perdre un instant, Higgins roula sur le côté et tomba du lit sur un épais tapis de laine.

Au même instant, une poutre se fendit et les deux morceaux s'effondrèrent à l'endroit précis où, un instant plus tôt, reposait la tête de Higgins.

Le fracas fut épouvantable. L'ex-inspecteur-chef alluma une torche, éclairant une scène de désolation. On frappa violemment à sa porte.

– Ouvrez, inspecteur, ouvrez !

– Entrez.

Lancelot se rua dans la pièce.

– Je viens de sonner laudes et je ne dormais pas,

expliqua-t-il, quel vacarme ! On a dû l'entendre dans tout le château.

Higgins examinait les débris des poutres.

– Rongées aux vers, constata-t-il.

– Elles semblaient pourtant solides... cette partie de la toiture n'a pas été restaurée, il est vrai.

Higgins approcha sa torche.

– Il y a un morceau de métal, là-dessous... aidez-moi à le dégager.

Lancelot extirpa l'extrémité d'une lance dont la hampe avait été brisée ; sur le fer, des traces brunâtres.

– Du sang, conclut Higgins.

Le chevalier semblait tétanisé.

– La fameuse lance à la pointe sanglante, n'est-ce pas ?

– Je ne sais pas, marmonna Lancelot.

– Mais si, vous savez. C'est avec cette lance que le centurion a percé le cœur du Christ ; depuis ce drame, sa pointe ne cesse de saigner. N'a-t-elle pas été pieusement recueillie par les adeptes de la Table ronde ?

– Une légende, inspecteur, une simple légende...

– Non, Lancelot : une pièce à conviction.

– Que dites-vous ?

– Cette arme n'aurait-elle pas percé le cœur du roi Arthur ?

– Impossible ! Aucun d'entre nous n'a trahi notre souvenir, aucun d'entre nous n'a pu commettre un crime aussi horrible !

– Souhaitons-le... mais imaginons que l'assassin ait caché l'arme du crime dans ce plafond ?

– Médiocre cachette, en vérité, puisqu'il s'est effondré !

– Qui occupe cette chambre, d'ordinaire ?

– Moi.

– Supposez que l'on vous ait retrouvé mort, avec cette lance près de vous ; le destin ne vous aurait-il pas châtié en révélant votre crime ?

Le chevalier recula et se heurta à Scott Marlow.

– Que se passe-t-il, Higgins ? J'ai cru entendre un grand bruit !

– Un simple effondrement de poutres, mon cher Marlow ; vous pouvez retourner dormir. Le danger est passé.

CHAPITRE XIV

Quand tierce sonna, vers neuf heures, Higgins était levé depuis plus d'une heure ; il s'était rasé avec soin grâce à une mousse à raser de chez *Crabtree and Evelyn*, maison sérieuse et ancienne qui préservait la qualité de ses articles de toilette à base de produits naturels. Il s'aspergea ensuite de l'eau de toilette « tradition chèvrefeuille », dont le parfum délicat l'enchantait. Bien qu'elle fût déjà fort prisée au XVIe siècle, les ans ne parvenaient pas à l'user.

La journée s'annonçait rude ; Higgins adopta une flanelle anthracite, un pull rouge en cachemire et une veste grise à chevrons. Il réveilla Scott Marlow et attendit qu'il fût prêt avant de descendre dans la salle du banquet où Perceval leur avait préparé un solide breakfast à base de porridge, de lard fumé et de lentilles au safran. Marlow prenait de plus en plus de goût à cette existence médiévale qui accordait une si large part au bien-être.

– On parle d'un accident, dit Perceval Watts, curieux.

– Chute de poutres, expliqua Higgins. À quelle heure la reine est-elle visible ?

– Elle se lève tôt ; vous pouvez demander audience à Merlin. Il est en train d'étudier un grimoire.

Higgins et Marlow trouvèrent le vieillard dans la grande salle du donjon, au pied de la cheminée ; il lisait un gros volume relié.

– Avez-vous bien dormi, messieurs ?

– C'est selon, répondit Higgins ; un ou deux bruits intempestifs m'ont gêné. Ne consultez-vous pas le traité de magie d'Agrippa de Nettesheim ?

– Connaîtriez-vous ce texte ?

– Une somme des connaissances médiévales, avant que le rationalisme de la Renaissance ne les balaie.

Merlin referma le livre.

– Nous désirons voir la reine, dit Higgins avec gravité.

– Est-ce si urgent ?

– Très urgent.

– Suivez-moi.

Guenièvre avait repris sa tapisserie mais ne parvenait pas à continuer son ouvrage ; nerveux, ses doigts ne lui obéissaient plus.

Higgins et Marlow la saluèrent ; Merlin s'éclipsa. Les beaux yeux de Guenièvre étaient encore rougis ; sans doute avait-elle pleuré la nuit durant.

– Je n'ai aucune nouvelle de mon mari ; cette fois, un sentiment affreux m'étreint le cœur.

– Je ne peux malheureusement vous rassurer.

– Vous a-t-on réellement agressé, cette nuit, sous mon propre toit ?

– C'était peut-être un accident.

– Vous êtes persuadé du contraire, je le sens !

– Une tentative de meurtre sur un officier du Yard est un acte d'une bassesse inqualifiable, déclara Marlow.

– J'en suis consciente, messieurs ; comment puis-je vous aider ?

– Je veux voir la Table ronde, dit Higgins, cette Table dont la tradition dit qu'elle tournoie comme le monde.

Guenièvre parut choquée.

– Je n'ai pas le droit, je...

– Ni vous ni vos sujets ne m'ont parlé du Graal qui est pourtant votre unique raison d'être... j'exige donc de voir l'endroit où vous avez installé la Table ronde.

La reine se leva.

– Je dois informer les membres du conseil.

*
**

Marlow pestait. Le laboratoire de Scotland Yard n'aurait eu aucune peine à établir la nature des taches suspectes sur le fer de lance et à prouver ainsi la réalité du crime ; mais Higgins lui avait demandé de rester à ses côtés. D'une part, ni le roi Arthur ni Janet Bee n'avaient été retrouvés, ce qui interdisait toute vérification ; d'autre part, ils n'étaient pas trop de deux face à la confrérie réunie dans la grande salle du donjon.

Merlin prit la parole.

– Ce que demande la police est inacceptable, déclara le vieillard. La Table ronde est notre secret.

– Non, objecta Higgins, le véritable secret, c'est le Graal. Voir le lieu où se réunissent les chevaliers sera, certes, un privilège, mais non une violation du mystère.

– Inacceptable, confirma Lancelot. Nulle argutie ne pourra me convaincre.

– Eh bien moi, je vais vous convaincre ! s'emporta Scott Marlow. De toute évidence, quelqu'un a enfoncé un fer de lance dans un corps humain. Si nous ne pouvons avoir accès à toutes les parties du château, je me rends immédiatement à Londres et je reviens avec une cinquantaine d'hommes et des spécialistes qui sonderont la moindre parcelle de mur.

Viviane se tourna vers la reine.

– Majesté, le scandale...

– Nous voulons l'éviter, en effet... Soit, messieurs ; nous accédons à votre requête.

Higgins s'inclina.

– Soyez-en remerciée, madame. Auparavant, j'aimerais poser une question à cette noble assemblée.

L'ex-inspecteur-chef brandit le fer de lance.

– Auquel d'entre vous appartient cet objet ?

Personne ne répondit. Blancheflore Purcelle brisa le silence.

– La lance est une arme que manient les chevaliers, rappela-t-elle, amusée.

Scott Marlow jeta un œil inquisiteur à Lancelot Heath, à Perceval Watts et à Mordret Stone.

– J'ajouterai, poursuivit la pucelle, que Mordret n'a plus l'âge de participer à des tournois où l'on brise les lances... votre champ d'investigation ne se réduit-il pas ?

– Une pucelle devrait apprendre à se taire, estima Lancelot, furieux.

– Pardonnez-moi, dit Blancheflore en esquivant une révérence.

Higgins s'approcha de l'athlétique chevalier et lui montra l'objet de plus près.

– Ne reconnaissez-vous pas votre bien ?

– Un chevalier utilise des dizaines de lances au cours des tournois... j'ai pu briser celle-là. Comment m'en souvenir ?

– Il a raison, approuva Perceval Watts, les lèvres serrées.

– C'est la vérité, déclara Mordret Stone. Nous disputons des tournois assez souvent ; en dépit de la remarque désobligeante de Blancheflore, j'y participe encore et il m'arrive de rompre ma lance dans un choc, même si le fait se produit moins souvent qu'autrefois.

– Qui ramasse les débris ? demanda Scott Marlow.

– La plupart du temps, c'est moi, reconnut Perceval ; mais d'autres peuvent m'aider. Blancheflore, par exemple.

– Autrement dit, n'importe qui peut avoir ramassé ce fer de lance !

La reine approuva.

– L'un d'entre vous s'est-il récemment blessé ? demanda Higgins.

– Pas à ma connaissance, répondit Lancelot Heath ; nous sommes de bons chevaliers.

– Je ne parlais pas seulement de vous.

– Aucune dame n'a été blessée pendant ou hors des combats, ironisa Viviane.

Higgins, dépité, contempla la lance.

– Voici donc un précieux indice qui semble bien inutile... l'avenir nous dira si nous pouvons le faire parler davantage. Bien entendu, aucun d'entre vous ne l'a dissimulé dans la toiture de la chambre haute ?

– Bien entendu, rétorqua Merlin. Qui serait assez fou pour commettre ce genre de plaisanterie ?

– Eh bien, allons voir la Table ronde.

CHAPITRE XV

Guenièvre guida la procession qui sortit du donjon et se dirigea vers le centre de la cour. Perceval s'agenouilla et dégagea l'entrée d'un escalier, cachée sous deux grosses dalles. Mordret et Lancelot tenaient deux torches. La reine s'adressa à Higgins.

– Je vous demande le plus grand recueillement. Le lieu que vous allez découvrir est celui où l'œil des justes peut voir les secrets du ciel que nul cœur mortel n'imagine et que nulle langue humaine ne saurait prononcer. Selon la règle édictée par le roi Arthur, tous les chevaliers y sont égaux, quels que soient leur rang ou leur titre. Tous reçoivent nourritures spirituelles à la Table ronde, de la même manière. Aucun d'eux ne peut se vanter d'occuper une place plus honorable que son voisin.

– Si grande affection règne entre les participants, ajouta Merlin, qu'ils ne veulent plus se séparer lorsque le festin est servi par le ciel ; Arthur, notre lumière, fait naître le soleil dans les cœurs.

– Descendons, ordonna la reine.

L'escalier s'enfonçait profondément dans la terre ; de ses marches, en marbre veiné de rouge, semblait sortir une clarté qui guidait les pas.

Lancelot et Mordret allumèrent les torches disposées sur les murs qui délimitaient une immense pièce au centre de laquelle trônait une table ronde en granit rose.

Tout autour, des sièges à haut dossier, à l'exception d'un seul, lui aussi en granit rose.

La beauté et la pureté des lignes subjuguèrent Higgins et Marlow ; en ce lieu régnait une atmosphère magique venue de l'âge d'or de la chevalerie. L'ex-inspecteur-chef se souvint des belles paroles de T.S. Eliot, dans *Little Gidding* : « Le but de notre exploration sera de parvenir où nous nous tenons et de connaître cet endroit pour la première fois. »

La reine s'approcha du siège du roi.

– Quand Arthur est présent, la Table ronde est lumineuse ; notre terre donne du blé en abondance, les arbres sont chargés de fruits, les troupeaux nombreux, les poissons se multiplient dans le lac... s'il ne revient pas, le monde ne sera que famine et stérilité. Ah, mon Dieu !

La reine porta la main droite à sa poitrine et défaillit. Higgins fut le plus prompt à intervenir et la recueillit dans ses bras avant qu'elle ne s'effondre sur le dallage. Sans geste brusque, il l'aida à s'asseoir sur le siège qui lui était réservé, à côté de son royal époux.

Viviane utilisa des sels dont elle ne se départait jamais ; au nez, Higgins reconnut une odeur de jasmin qui, il est vrai, aurait fait revenir un mort de l'autre monde afin de goûter encore la plus divine des essences.

Guenièvre revint rapidement à elle.

– Mon Dieu ! J'en suis sûre, à présent... Arthur est mort !

Les yeux de la reine étaient remplis d'effroi. Merlin tenta de la réconforter.

– Arthur ne peut pas mourir... parfois, il est enlevé au ciel où il ressuscite dans le chaudron merveilleux et apparaît sous la forme de la Grande Ourse, le chariot d'Arthur.

Les images de la poésie galloise ne rassérénèrent pas Guenièvre ; elle ne parvint pas à contenir ses larmes.

– Arthur est mort, répéta-t-elle, effondrée.

Higgins s'écarta, fit le tour de la salle et s'arrêta devant Perceval Watts.

– Où se trouve le Graal ?

Le jeune homme sursauta.

– Le Graal ? Mais pourquoi me demandez-vous ça, à moi ?

– Lorsqu'Arthur vous réunissait ici, ne vous le dévoilait-il pas afin d'orienter votre quête ? Toutes les nourritures ne sortent-elles pas du vase du Graal ?

Perceval Watts recula.

– Je ne sais pas, je n'ai pas le droit.

Mondret Stone vola à son secours.

– Perceval est presque un adolescent, inspecteur ; ne le tourmentez pas. Ces choses sont encore bien mystérieuses pour lui.

– Un *geis* pèse sur lui, n'est-il pas vrai ? Autrement dit, un interdit qui l'empêche de connaître la vérité en osant poser la bonne question.

– Qu'allez-vous imaginer ! protesta Lancelot Heath. Nous n'avons pas repris ces anciennes coutumes. Chacun est libre de parler.

Higgins regarda le jeune Perceval avec acuité.

– Eh bien, parlez.

– Je ne peux pas, répondit le jeune chevalier, hagard.

Higgins se détourna de lui et s'adressa à l'assemblée.

– Où se trouve le Graal ? demanda-t-il à nouveau.

– Nous l'ignorons, répondit Merlin. Lors de la dernière réunion, le roi Arthur ne nous l'a pas montré.

– Pourquoi ?

– Il n'a pas donné d'explication.

– Personne ne l'a interrogé ?

– L'un ou l'autre l'aurait fait pendant le conseil.

Higgins nota ces détails sur son carnet noir ; le comportement du monarque avait été des plus bizarres. Une autre anomalie méritait d'être expliquée.

– Qui occupe le siège en granit rose ?

– Personne, répondit Merlin. Il s'agit du siège périlleux laissé vide par Judas après qu'il eut trahi le Christ. Seul un chevalier prédestiné pourra un jour l'occuper afin d'effacer le mal qui règne sur cette terre. Tout imprudent qui se croirait plus fort que le destin et s'y assiérait à tort mourrait dans d'atroces souffrances.

– L'un de vous se sent-il destiné à occuper le siège périlleux ?

Seul le silence fit écho à l'ex-inspecteur-chef.

– En ce cas, conclut-il, la traîtrise habite toujours parmi vous. C'est elle, sans doute, qui est à l'origine de la disparition du roi Arthur.

Lancelot Heath explosa.

– Elle nous hante depuis la bataille de Salisbury, en 1230, au cours de laquelle la chevalerie arthurienne a été décimée ! Presque tous les membres de la Table ronde périrent... mais les survivants transmirent le flambeau et nous continuerons à le faire !

– Il faudrait raccompagner la reine, conseilla Merlin ; son malaise n'est pas tout à fait dissipé.

Higgins acquiesça. La procession s'organisa à nouveau ; aidée par Viviane et Blancheflore, la reine parvint à tenir son rang.

Lancelot et Higgins furent les derniers à sortir.

– Aujourd'hui, inspecteur, nous conjurerons le mauvais sort en organisant un tournoi.

CHAPITRE XVI

À l'intérieur du champ clos, tout était prêt. Bannières vermeilles, écus armoriés, lances peintes d'azur, heaumes jaunes et rouges étaient posés au pied de la tente où se préparaient les deux adversaires. Guenièvre présiderait le tournoi, offert à messire Dieu pour protéger la Table ronde et ramener le roi Arthur parmi les siens. Au destin de désigner ceux qui s'affronteraient pour cette noble cause.

Blancheflore procéda à l'élection, à la courte paille : Lancelot et Mordret furent élus par la fortune. L'un et l'autre saluèrent Guenièvre, assise au centre de la tribune d'honneur. À ses côtés, Higgins, Marlow, Viviane, Blancheflore et Merlin. Le jeune Perceval restait sur le terrain afin de venir en aide à l'un ou l'autre des combattants ; il regretta de ne pas prendre une part plus directe à la joute mais s'inclina devant le ciel. Il garda les chevaux, l'un blanc, l'autre bai, pendant que les deux hommes se préparaient.

Lancelot revêtit le haubert, tunique métallique pesant une dizaine de kilos, songeant à la superbe cotte de mailles en argent du roi Arthur, faite de mailles triples si fines qu'elle ne rouillait pas et n'était pas plus lourde qu'un manteau de soie ; puis il ajusta son heaume, un casque d'acier muni d'une barre de fer destinée à protéger le nez, d'œillères et de trous de ventilation. Il empoigna l'épée, longue de plus d'un mètre et lourde de trois kilos ; large de quinze centimètres, sa lame, une fois sortie du fourreau en bois recouvert d'étoffe, briserait les défenses de l'adversaire. Il soupesa l'énorme lance en frêne, longue de trois mètres ; lorsqu'il propulserait ses six kilos vers le bouclier ennemi, il serait sûr de le transpercer. Enfin, il se munit de l'écu, haut d'un mètre soixante-dix, à l'intérieur matelassé et à l'extérieur recouvert de cuir. Seul un colosse pouvait le manier ; dans cet art, Lancelot était inégalable. Mais il se souvenait que l'écu servait aussi de civière pour les morts et que le cadavre de plus d'un chevalier avait été déposé dans son ultime rempart.

Mordret avait bénéficié du même équipement, mais ses armes étaient moins grosses et moins lourdes ; à cinquante ans, il ne pouvait espérer vaincre Lancelot.

– Ne retiens pas tes coups, Lancelot. Le combat doit être loyal ; que notre vaillance soit offerte à notre roi, à Arthur !

– Qu'il en soit ainsi, Mordret ; ne t'obstine pas à lutter au-delà de tes limites. Parfois, je ne sens pas la force de mes coups ; ne tarde pas à demander merci. Ta mort n'est pas le but du tournoi.

Les futurs adversaires se donnèrent l'accolade ; Perceval les aida à monter sur leurs destriers caparaçonnés et piaffant d'impatience.

– Vous n'êtes pas choqué, inspecteur ? demanda Marlow.

– Chacun ses coutumes, répondit Higgins.

– J'aime la vaillance, dit Marlow ; après tout, elle n'a pas d'âge.

Les chevaliers gagnèrent leur position de départ ; un rayon de soleil éclaira le champ de bataille.

Blancheflore éclata en sanglots.

– Il ne devrait pas ! Non, il devrait pas...

– Calmez-vous, ma mie, recommanda Merlin ; ce n'est qu'un tournoi et nos jouteurs sont gens d'expérience.

– Lancelot est si beau, si fort... mais si imprudent ! Il ne s'occupe pas de la vilenie et néglige la malfaisance. Un jour, son ennemi le prendra par surprise, au mépris des règles de la chevalerie... et nul ne pourra le sauver.

– Ce ne sera pas aujourd'hui, décréta Viviane.

– Qu'en savez-vous ?

– Nous sommes témoins de ce tournoi... et Scotland Yard aussi !

Cette constatation calma la pucelle.

– Peut-être, dit-elle avec une moue délicieuse ; mais Lancelot a trop le sens de l'honneur.

– N'est-ce pas naturel, chez un chevalier ? s'enquit Higgins.

– Lancelot est trop passionné.

– Attention ! s'exclama le superintendant, ils s'élancent.

Le cheval de Lancelot se cabra ; celui de Mordret gratta le sol de ses pattes arrière. Puis la course folle commença ; à pleine allure, les deux destriers se ruèrent l'un vers l'autre.

Le choc fut violent.

La lance de Lancelot heurta le bouclier de Mordret qui fut déséquilibré et tomba de cheval ; Perceval se précipita vers lui et l'aida à se relever. Lancelot jeta la lance et mit pied à terre.

– Quel jouteur ! s'exclama Merlin. Il ne manque jamais son but ; je suis sûr qu'il a dosé son coup pour ne pas transpercer Mordret. Il n'a que ce qu'il mérite.

– De qui parlez-vous ? s'étonna Higgins.

Merlin lui parla à voix basse.

– De Mordret, bien entendu ; observez-le, inspecteur; Il paraît aimable et sympathique, mais c'est un être dangereux.

– Qu'est-ce qui justifie votre jugement ?

– Il est teigneux, acharné et violent ; je crois bien qu'il aime faire souffrir autrui. Beaucoup de paroles, beaucoup trop et des actes contraires... voilà longtemps que je m'en méfie. Il ne ressemble vraiment pas à son frère, le roi Arthur.

Mordret vacillait, il semblait perdu.

– Demande merci, lui conseilla Lancelot.

Le frère du roi serra la poignée de son épée.

– Luttons ! exigea-t-il.

À la manière d'un homme ivre, il se précipita vers Lancelot et fendit l'air du tranchant de son épée. Son adversaire esquiva sans peine plusieurs assauts désordonnés.

– Lancelot va le massacrer, déplora Viviane ; Votre Majesté devrait arrêter le combat.

– Seul Mordret en a le pouvoir, répondit Guenièvre.

– Ne protégez-vous Lancelot de manière excessive ?

Guenièvre pâlit.

– Que voulez-vous dire ?

– On murmure que vous ne lui êtes pas indifférente et qu'il vous plaît au-delà d'une simple amitié.

– Viviane... vous perdez l'esprit !

– Quoi de plus beau que l'amour, Majesté ? Lancelot est beau, intelligent, trop sensible, très attirant... Qui condamnerait une aventure ?

– Vous oubliez que mon époux est le roi Arthur et que je lui ai voué fidélité jusqu'à la mort !

– Les paroles sont une chose, les actes une autre... mais vous avez peut-être raison. Lancelot a sans doute laissé passer sa chance... il n'obtiendra rien. Espérons qu'il n'a pas commis une faute irrémédiable.

– Soyez plus claire, demanda Higgins.

– Lancelot meurtrier d'Arthur ? A priori, c'est impossible... a priori.

– Vous êtes immonde, s'exclama Guenièvre, scandalisée.

Un bruit métallique fit se tourner toutes les têtes vers le champ de bataille. Mordret avait réussi à parer le premier coup de Lancelot, et les deux lames s'étaient entrechoquées.

– Mordret n'est pas encore vaincu, observa Viviane.

– Réplique, Lancelot, réplique ! supplia Blancheflore.

Furieux, l'athlétique chevalier frappa d'estoc et de taille ; Mordret recula mais ne céda pas. Ses répliques surprirent même son adversaire qui ne s'attendait pas à autant de vaillance.

La puissance finit par l'emporter ; la lame de Lancelot fendit le haubert de Mordret et le démailla. Vaincu, le frère du roi Arthur jeta son épée.

– Je demande merci.

– Merci t'est accordée ; le combat est terminé. Que ton courage et le mien soient offerts au roi Arthur.

Les deux chevaliers se donnèrent de nouveau l'accolade ; Perceval les aida à ôter heaume et haubert.

– Tu t'es bien estrapassé, Mordret, en allant au-delà de tes limites.

– Tu m'as inspiré, Lancelot.

Côte à côte, ils se dirigèrent vers la tribune et s'inclinèrent devant la reine.

– Vous avez bien jouté et je vous en félicite ; allez prendre un peu de repos avant de vous restaurer. Que vos efforts ne soient pas vains et qu'ils nous ramènent Arthur.

Pendant que s'éloignèrent les deux chevaliers, suivis de Perceval, la reine Guenièvre s'éclipsa en compagnie de Blancheflore.

– Vous fûtes bien acide, reprocha Merlin à Viviane ; la reine ne méritait pas de tels reproches.

– Qu'en savez-vous ? Vous n'êtes plus qu'un vieillard à moitié aveugle.

– Mais plus lucide que vous ne l'imaginez ; soyez prudente, Viviane. Quand le roi Arthur reviendra, il pourrait vous reprocher certains propos.

– Nous verrons.

Le vieillard s'éloigna à son tour, en s'aidant de sa canne.

– Dommage, dit-elle, boudeuse.

– Que regrettez-vous ? demanda Higgins.

– Perceval. Nous aurions assisté à un duel plus intéressant.

– Le sort en a décidé autrement.

– Le sort... ou Blancheflore.

– Aurait-elle truqué le tirage au sort ?

– Cela ne me surprendrait pas.

– Afin de préserver Perceval ?

– Bien sûr. Seul le roi Arthur pouvait se mesurer à Lancelot.

– Ce dernier aurait-il pu le vaincre ?

Elle hésita.

– Je le crois, au terme d'un long combat où la jeunesse aurait fini par triompher.

– Et Perceval ?

– Lui, un tueur ? Certainement, mais pas assez rusé et incapable de se débrouiller seul. Il lui faut en permanence des conseils et des directives. En lui-même, il ne voit pas clair.

– Est-il amoureux de Blancheflore ?

– C'est probable... de Guenièvre aussi, je suppose. Mais il ne prend pas conscience de la force d'un tel sentiment et de sa magie. Il traverse la vie sans rien comprendre.

– Vous êtes bien sévère avec les hommes.

Les yeux verts de Viviane devinrent de glace.

– Je les connais bien, inspecteur.

Scott Marlow éternua.

– Je crois que j'ai pris froid.

CHAPITRE XVII

Higgins contraignit Marlow à s'abriter sans délai sous sa couette ; un éternuement de cette taille annonçait un refroidissement d'envergure qu'il ne fallait pas traiter à la légère, d'autant plus que la température extérieure fraîchissait et que le château n'était pas chauffé.

Viviane Carrey entra dans la chambre, porteuse d'un plateau.

– Voici un remède excellent, annonça-t-elle.

Marlow se souleva.

– Je n'ai pas l'habitude des médicaments médiévaux... de l'aspirine me suffirait.

– Inefficace dans votre cas, jugea-t-elle ; faites-moi confiance, superintendant : je guéris tout le monde, ici. Aucune maladie ne me résiste.

– Vous êtes sûre ?

Viviane découpa quatre morceaux de lard fumé, les enduisit de miel, les saupoudra de poivre et les plongea dans du vin chaud.

– Avalez ce mélange et vous vous sentirez mieux.

Marlow regarda Higgins qui ne formula aucune objection. Le superintendant se contenta d'abord de tremper ses lèvres dans le surprenant breuvage ; puis il le but franchement, surpris par un goût agréable.

– Excellent, reconnut-il ; ne devrais-je pas absorber un second bol ?

– Dans une heure, je vous l'apporte. En attendant, restez au chaud.

Marlow décida de s'abandonner au plaisir de la sieste ; Viviane ne l'effrayait plus.

*
**

Le déjeuner, à base de gibier et de légumes frais, fut assez sinistre. Perceval et Blancheflore lurent à tour de rôle des récits de chevalerie ; à chaque fois que revenait le nom du roi Arthur, l'atmosphère s'assombrissait.

Après avoir desservi, le jeune Perceval s'approcha de Higgins.

– Aimeriez-vous découvrir notre forêt ?

– Avec plaisir ; pourriez-vous me prêter des bottes ?

– Sans difficulté ! Il y en a plus d'une centaine de paires, au château.

Correctement chaussé, sanglé dans son imperméable *Tielocken,* coiffé d'une casquette de laine à carreaux, Higgins était paré pour s'aventurer, sous la pluie, dans un monde hostile. Perceval Watts avait abandonné les vêtements médiévaux et adopté une tenue plus moderne. Il refusait néanmoins le fusil et s'était muni d'un arc et d'un carquois rempli de flèches.

– Le domaine est immense, observa Higgins.

– Personne ne connaît le nombre exact d'hectares et ne l'a exploré à fond.

– Pas même vous ?

– Je parcours cent chemins, mais aujourd'hui encore, je pourrais m'y perdre. La forêt est mystérieuse ; qui peut prétendre la connaître ?

La forêt d'Ayefield était beaucoup plus inhospitalière que celle de *The Slaughterers* ; ombres et fantômes y rôdaient, elfes, lutins et farfadets se livraient à leurs jeux tantôt aimables, tantôt agressifs. L'homme n'était pas le bienvenu en ces lieux sauvages.

– Superbes, dit Higgins en se penchant.

– Qu'avez-vous repéré ?

– Des helvelles d'une taille incroyable.

L'ex-inspecteur-chef cueillit l'un de ces champignons comestibles, de la famille des discomycètes, dont le nom signifie qu'il a une tête de petit chou.

– Vous vous y connaissez, en matière de champignons ?

– Cela fait partie du métier ; beaucoup d'empoisonneurs les utilisent.

– Quel terrible métier ! La mort, toujours la mort...

– Je me soucie aussi des vivants. Quant aux victimes, elles ne trouvent l'éternel repos qu'au moment où l'assassin est identifié. C'est pourquoi, lorsque je m'occupe d'une affaire, je vais jusqu'au bout... par fidélité à une certaine justice, en quelque sorte.

Perceval Watts garda le silence une longue minute.

– C'est un avertissement, n'est-ce pas ?

– Une simple règle de vie.

– Ceci signifie que vous n'abandonnez pas la piste du roi Arthur.

– En effet. Aviez-vous imaginé le contraire ?

De la pointe de son arc, Perceval écarta des buissons.

– Vous croyez donc à l'assassinat.

– Je n'y croirai plus lorsque le roi Arthur reviendra parmi vous.

Les deux hommes pénétrèrent dans une clairière ; Perceval Watts leva la tête, banda son arc et tira une flèche. Le canard sauvage fut transpercé et chuta lourdement dans un massif de fougères ; le chevalier, qui ne l'avait pas perdu des yeux, courut dans la bonne direction. Quand il parvint à l'endroit où le canard était tombé, Perceval s'immobilisa.

– C'est affreux, affreux...

Higgins, sans hâte, vint à sa hauteur.

Un corbeau s'était posé sur le cadavre du migrateur.

– Regardez, dit Perceval ; le sang, rouge, sur le ventre blanc du canard, et le corbeau noir... le noir, ce sont les cheveux de la femme aimée. Le blanc, sa peau. Le rouge, ses joues.

– Blancheflore ?

– Oui, c'est elle... Je n'aurais pas dû tuer ce canard. Une fois encore, je me suis trompé ! J'ai accompli le mauvais geste... qui me délivrera de cette malédiction ?

– Qui l'a émise ?

– Personne, je le reconnais. Je tombe dans mes propres pièges, je suis incapable de faire partager mes sentiments... qui ne serait attiré par elle ?

– Cette jeune fille est très jolie, reconnut Higgins.

– C'est une pucelle, je suis un jeune homme, nous nous plaisons et pourtant... pourtant, je ne parviens pas à lui parler, à lui dire que j'aimerais vivre avec elle ! Comment expliquez-vous ça ?

– Les incertitudes du cœur, proposa Higgins.

– Peut-être... je n'y avais pas songé. Quelque chose me retient, en effet.

– En aviez-vous parlé au roi Arthur ?

– Non, je n'ai pas osé. C'était... je veux dire, c'est un homme droit et intègre qui ne s'occupe pas des problèmes sentimentaux d'autrui.

Higgins sentit que le jeune homme était sur le point de se confier, mais qu'il avait encore besoin d'un peu de temps ; aussi marchèrent-ils d'un pas régulier sur les sentiers qu'empruntaient cerfs et sangliers. En s'éloignant du château de la Table ronde, Perceval prenait davantage confiance en lui-même.

– Lancelot m'a lu un texte magnifique dont j'ai gardé chaque mot en mémoire : « Qu'est-ce que l'amour ? Il est sagesse et non point folie, il rend l'être subtil, mais il faut se soumettre à sa dame qui possède le pouvoir d'élever ou d'abaisser. » N'est-ce point la vérité ?

– Tout dépend de la qualité de la dame.

– Vous avez mis le doigt dessus, inspecteur ! Voici la cause de mon incertitude ; je ne sais pas qui est exactement Blancheflore. Elle paraît pure, sans tache, mais... mais elle est trop proche de Merlin.

– Ne le fuit-elle pas, lorsqu'il descend au verger ?

– Simple jeu. Elle l'admire, elle l'aime, peut-être... et lui apprécie un peu trop la jeunesse.

– De simples hypothèses.

– Je n'ai pas de preuve... et je redoute quelque chose de plus grave encore. Blancheflore n'aimait pas Arthur.

– Lui manquait-elle de respect ?

– Non, pas de manière apparente... mais je le sentais. Elle ne l'aimait pas, j'en suis sûr. Parfois, je me demande si elle n'a pas... si ce n'est pas elle qui... impossible, n'est-ce pas ?

– Je l'espère.

– Meurtrière, non... mais comploteuse ?

– Vous songez donc à un traquenard organisé par plusieurs membres de la Table ronde afin d'éliminer Arthur ?

Perceval sortit une flèche du carquois et la brisa sur son genou gauche.

– Je divague, inspecteur. Mes propos sont incohérents... mais ne faut-il pas être prudent, lorsqu'on espère le mariage ? Je crains... je crains que Blancheflore n'éprouve un goût trop prononcé pour les bijoux.

– Et pour le plus beau et le plus rare, poursuivit Higgins : le Graal.

Un vol de canards sauvages passa au-dessus des deux hommes ; Perceval jeta son arc dans un fourré.

CHAPITRE XVIII

Scott Marlow se sentait beaucoup mieux ; le rhume s'atténuait. Néanmoins, afin de ne pas risquer une rechute, il préférait suivre à la lettre le traitement de Viviane. Un troisième bol de vin chaud serait donc nécessaire, de manière à supprimer l'inopportun virus.

– Cette vieille médecine a du bon, Higgins ; elle fait circuler le sang et dissipe les humeurs.

– C'est sans doute dû au miel.

– Où êtes-vous allé ?

– Je me suis promené dans la forêt en compagnie de Perceval.

– Intéressant ?

– Instructif. C'est un jeune homme plus torturé qu'il n'y paraît.

– Des éléments nouveaux ?

– Rien de concret ; mais les paroles voilent souvent des faits.

– Pardonnez-moi cette observation, Higgins... vous semblez bien crotté.

– Forêt humide et chemins boueux ; je change d'endroit.

– À savoir ?

– Je descends au jardin profiter d'une éclaircie.

None avait sonné depuis une heure. Protégé du vent d'ouest qui amenait la pluie, le jardin accueillait la fin du jour. Blancheflore, drapée dans une cape verte, jouait de la harpe aux oiseaux de la volière. L'eau de la fontaine jaillissait en une cascade argentée. Higgins passa près du pommier auquel était accroché le cor et vint auprès de la jeune fille.

– N'est-ce pas un endroit merveilleux, inspecteur ?

– Il me rappelle un sonnet de J.B. Harrenlittlewoodrof, *le Jardin enchanté* :

La fille du ciel apparaît au loin,
Jeune pucelle en robe blanche ;
L'obscurité passe, suit le cours des aurores
Et le jardin se pare de fleurs.

Les yeux gris-bleu de Blancheflore s'attardèrent sur Higgins.

– Je vous ai vu revenir avec Perceval.

– Nous nous sommes promenés en forêt.

La jeune femme continua à jouer doucement de la harpe.

– Perceval a la langue trop bien pendue... il a dû vous parler de moi.

– Surtout de l'affection qu'il éprouve pour vous.

– C'est un vrai chevalier... il croit qu'il se trompe, qu'il échoue, qu'il tombe dans ses propres pièges. Il réussira, j'en suis sûre. En son cœur se cachent des ressources insoupçonnées ; s'il réussit à les exprimer, il deviendra un homme riche et séduisant.

– Aimait-il Arthur ?

– Il vénérait le roi... mais je crois qu'il en avait peur.

– Le roi était-il à ce point autoritaire ?

– Il n'avait pas besoin d'élever la voix, inspecteur ; il lui suffisait d'apparaître et l'on obéissait. Perceval est un être instinctif et passionné ; Arthur, par sa seule présence, l'empêchait de libérer sa force, de devenir le chevalier qu'il voulait être.

– Dois-je conclure que Perceval haïssait le roi Arthur ?

– Certes pas... ses sentiments étaient beaucoup plus complexes ; je n'en dirais pas autant de Mordret, le frère du roi. Celui-là, je le hais.

– Vous aurait-il offensée ?

– Il a osé me faire des propositions... scandaleuses ! Je l'ai repoussé avec la dernière énergie et il m'en veut !

– Le roi ne lui portait-il pas ombrage ?

– Mordret est trop lâche pour oser regarder Arthur en face ; s'il s'attaque à quelqu'un, c'est à un faible ! Le roi le faisait taire d'un regard.

– N'aurait-il pas souhaité le supprimer ?

– Pour tuer Arthur, il faut être fort et audacieux ; ce n'est pas vraiment le style de Mordret. Ces qualités-là, cherchez-les chez Viviane !

– Vous ne l'aimez pas beaucoup, semble-t-il.

Blancheflore cessa de jouer.

– Elle me fascine et me fait peur ; ici, elle désire tout régenter. Elle rêve de posséder la Table ronde et de refaire ses lois à son gré. Sachez que je ne la laisserai pas agir ! Ce sera elle ou moi.

– Voilà un tournoi inattendu, estima Higgins ; dans quel champ clos se livrera-t-il ?

Blancheflore devint grave ; sa légèreté se dissipa.

– Si le roi a été assassiné et si quelqu'un sait quelque chose, c'est Viviane.

– Vous êtes bien catégorique.

– Vous apprendrez à la connaître.

– Merlin me paraît plus inquiétant.

La jeune fille éclata de rire.

– Ce vieil imbécile ? Il est presque gâteux !

– Ne redoutez-vous pas ses tours de magie ?

– Merlin n'est qu'un truqueur et un illusionniste... il se croit encore magicien, alors qu'il n'est plus qu'un coureur de jupons qui tente d'oublier la vieillesse. Ne l'écoutez pas, inspecteur ; il raconte n'importe quoi. Pis encore : il se répand en calomnies, prompt à salir autrui et à ternir les miroirs les plus brillants. C'est un vice, chez lui ; il ne supporte pas la pureté et l'innocence.

– C'est pourquoi il vous poursuit de ses assiduités.

– Il me fait peur, parfois ; on jurerait qu'il se cache dans un arbre, dans le vent ou dans l'eau de la fontaine. Fantasmagorie, bien sûr, mais n'est-ce pas là tout son faux pouvoir ? Il est sans doute plus vigoureux qu'il n'y paraît...

– Est-il un fidèle serviteur d'Arthur ?

– Un compagnon de la première heure, c'est vrai ; il a cru dans le renouveau de la Table ronde et a encouragé le futur roi à la réformer.

– En serait-il devenu jaloux ?

Blancheflore réfléchit.

– Ce n'est pas impossible... mais je ne le vois pas dans la peau d'un assassin : trop vieux et trop faible. Merlin craint Arthur ; il n'osera rien entreprendre contre lui.

– Un complot ?

– Quels alliés trouverait-il ?

Des nuages noirs s'accumulaient au-dessus du jardin, étouffant les dernières lueurs du jour.

– Il va pleuvoir, prédit Blancheflore ; nous devrions rentrer. Me donnez-vous le bras ?

– Pour vous servir.

Le couple progressa lentement en direction du château. Blancheflore goûta fort la compagnie de cet homme doux et discret ; rien, en lui, ne faisait songer à un policier. Sa manière même de poser des questions était celle d'un confident plutôt que d'un enquêteur.

– La reine semble très affectée, remarqua-t-il.

– Il est pourtant exceptionnel qu'elle laisse percer ses émotions, Guenièvre est une grande dame, belle, mais aussi sévère pour elle-même que pour autrui. Pour elle, l'honneur n'est pas un vain mot ; elle veille sur l'intégrité de la Table ronde avec autant de soin que son mari. Un couple royal, il est vrai, nul ne le conteste, mais...

Higgins se garda bien d'interrompre la réflexion à haute voix à laquelle se livrait la jeune fille.

– On murmure que la reine a connu de féroces affrontements avec Viviane... cette dernière ne prétend-elle pas que Guenièvre se serait éprise de Lancelot ? Je n'ose y croire... son amour pour Arthur est si sincère, si évident ! Il ne peut s'agir que d'une calomnie... pire calomnie encore, on murmure que la reine ne serait pas indifférente au charme de Mordret, le propre frère du roi ! Le monde n'est-il pas cruel, M. Higgins ?

– Il l'est, mademoiselle, plus encore que vous ne le supposez.

CHAPITRE XIX

La grande salle du donjon était déserte ; la reine avait tiré la tenture et repris son ouvrage. Elle brodait une licorne blanche à la corne d'or.

– Désirez-vous quelque chose, Majesté ?

– Une tisane de thym, Blancheflore. Ce breuvage vous conviendra-t-il, M. Higgins ?

– À merveille.

Blancheflore s'éclipsa. Guenièvre était toujours éclatante de beauté ; ni la fatigue ni la peine n'avaient de prise sur elle. La noblesse de cette femme devait écarter beaucoup d'hommes, incapables de s'élever jusqu'à elle et rabaissés par sa seule présence ; mais elle devait aussi rendre fous d'amour des êtres de feu, désireux de vivre leur flamme au-delà de toute raison.

– Vos sujets ont-ils déserté le château ?

– Ils vaquent à leurs occupations, comme d'habitude, même si la disparition du roi les bouleverse.

– Que fait le jeune Perceval ?

– Il s'entraîne sur le champ de bataille. Il monte à cheval, manie la lance, court, tire à l'arc, brandit l'épée... son rêve est de devenir un chevalier aussi fort que Lancelot. Ce dernier goûte moins l'effort physique, aujourd'hui... il préfère relire les romans du Graal et rêver aux temps anciens.

– Avez-vous été inquiète pour lui, lors du tournoi ?

– Pas davantage que pour Mordret ; je les estime autant l'un que l'autre, puisqu'ils ont donné leur vie à la Table ronde et qu'aucun chevalier ne peut reprendre la parole donnée.

– Voici une valeur devenue fort rare.

– Elle est la base de notre confrérie, avec la loyauté et la fidélité ; vous semblez sceptique, M. Higgins ?

L'ex-inspecteur-chef ouvrit son carnet noir.

– J'ai rempli de nombreux carnets comme celui-ci ; jusqu'aux dernières pages, les individus que j'ai interrogés apparaissaient comme des êtres purs, bons, loyaux, fidèles, préférant la vérité au mensonge. Et puis les masques tombaient.

– Ici, nous n'en portons pas ; Arthur l'a voulu ainsi.

– Le ciel vous exauce.

– En douteriez-vous ?

– C'est mon métier, madame.

– N'accordez-vous jamais votre confiance ?

– En la vie, toujours, car elle cèle des mystères que même le Yard est incapable de percer ; en l'être humain, ce serait une faute professionnelle.

– Avez-vous des amis, M. Higgins ?

– Quelques-uns. Nous formons une sorte de confrérie, nous aussi.

– À ceux-là, faites-vous confiance ?

– Ce sont des amis ; avec eux, une seule règle : à la vie, à la mort. Ne procéderiez-vous pas, madame, à une sorte d'interrogatoire ?

– Loin de moi cette intention ; je désire seulement que vous me compreniez. Arthur et moi avons placé tous nos espoirs dans la résurrection de la Table ronde ; les êtres sont venus vers nous sans que nous les recherchions. Pourquoi les soupçonneriez-vous d'un crime abominable ?

– Parce que les êtres changent ; ceux qui vous soutenaient hier peuvent vous trahir demain.

– Le roi était aimé et respecté ; ce n'était pas un

simulacre. Si l'un d'entre nous n'avait pas approuvé son action, il se serait exprimé.

– Même Mordret ?

– Surtout lui. C'est un homme exigeant, qui ne tolère pas le moindre passe-droit ; grâce à lui, nos finances sont saines et la restauration du château se poursuit à un bon rythme. Lancelot lui reproche parfois de ne pas savoir gaspiller et d'être trop économe ; mais Mordret ne modifiera pas sa ligne de conduite et il aura raison. C'était la tâche du roi de concilier des caractères aussi différents et de préserver l'harmonie ; notre Table ronde n'est-elle pas le reflet du cosmos ?

– En lui se livrent de féroces batailles ; les plus belles étoiles ne naissent-elles pas de gigantesques explosions ?

La reine posa l'aiguille.

– Vous me troublez, inspecteur.

– Non, madame ; c'est la disparition de votre mari et de Janet Bee qui nous trouble, vous et moi.

Blancheflore apporta les tisanes de thym, sucrées au miel. Au-dehors, l'orage grondait ; une pluie torrentielle s'abattait sur le château.

La pucelle raviva le feu, alluma plusieurs torches et s'isola près de la cheminée ; elle s'absorba dans la lecture d'un recueil de poèmes que chantaient les troubadours.

– Avez-vous des ennemis, madame ? demanda Higgins d'une voix douce.

La tristesse hanta les profonds yeux bleus.

– C'est de Viviane que vous voulez parler, n'est-il pas vrai ?

– Elle ne vous apprécie guère.

– Ne prenez pas autant de précautions, inspecteur ; elle m'est franchement hostile.

– Pour quelle raison ?

– Je l'ignore ; peut-être souhaite-t-elle régner sur la Table ronde ? Si elle y parvenait, ce serait la fin de l'aventure.

– La jugez-vous incapable de diriger ?

– Elle pourrit les êtres.

– Perceval est-il tombé dans ses filets ?

– Je ne crois pas. Son chevalier servant est... Merlin. Le fait peut paraître surprenant, à cause de la différence d'âge, mais des liens étranges les unissent, même s'ils se querellent de temps à autre.

– Croyez-vous vraiment à cette histoire ?

– Oui, inspecteur... mais elle n'en exclut pas une autre.

– Laquelle ?

– Je l'ignore et veux l'ignorer. Viviane est capable de calomnier et de mentir ; la seule personne qu'elle aime, c'est elle-même.

– Pourquoi la garder ?

– Jusqu'à présent, elle fut respectueuse de l'esprit de la Table ronde ; mais elle commence à semer la discorde en répandant de faux bruits. Si elle continue, il faudra qu'elle parte.

– Le roi en était-il conscient ?

– Il l'était.

– Viviane le savait-elle ?

– Elle est fine et habile.

– Vous portez contre elle une terrible accusation.

– Non, inspecteur ; je ne la crois pas capable d'attenter à l'existence d'Arthur.

– Et d'armer un bras ?

Guenièvre ne répondit pas.

– De sombres pressentiments m'agitent, inspecteur... je redoute la nuit qui vient. Elle est porteuse de dangers venus de l'autre monde... si Arthur a péri de la main d'un lâche, il réclamera vengeance !

– Je me méfierai, soyez en sûre ; la tradition n'affirme-t-elle pas que les crimes les plus abominables sont commis entre le coucher et le lever du soleil ?

CHAPITRE XX

– Je me sens tout ragaillardi, déclara Scott Marlow. Prendre froid au Moyen Âge devait être un véritable plaisir. Vous semblez soucieux, Higgins, une contrariété ?

– La nuit qui tombe.

– En auriez-vous peur ? Votre légende prétend que vous voyez dans le noir, comme les chats.

– Cette nuit-là s'annonce redoutable... la reine a raison.

La gravité du ton fit frissonner Marlow, pourtant bien remis.

– Qu'est-ce qui se prépare, ici ?

– Au mieux, le retour du roi Arthur ; au pire, une troisième disparition.

– Nous devons l'empêcher !

– Ce sera difficile ; nous connaissons mal le terrain.

Avec une énergie retrouvée, le superintendant enfila son veston.

– Puisqu'il le faut, je veillerai.

– Je vous en saurai gré ; un peu de sommeil profond me serait nécessaire.

– La reine vous a-t-elle alerté en termes précis ?

– Non... un simple pressentiment.

Des coups de tonnerre roulaient dans un ciel d'un noir d'encre ; la pluie redoublait de violence. Bientôt, la foudre tomberait et frapperait de grands arbres dont la cime se ployait sous un vent furieux.

– Cet orage est terrifiant... je ne crois pas en avoir vu de semblable.

– Aux Indes, pendant la mousson, j'en ai subi un de cette ampleur. Il a détruit des dizaines de maisons et détérioré un temple.

Le superintendant tâta le mur de sa chambre.

– Croyez-vous que le château résistera ?

– L'avenir sera juge.

– Que pensez-vous réellement de cette histoire, Higgins ?

L'ex-inspecteur-chef consulta son carnet noir.

– Absence de cadavres, meurtres réels ou simulés, loyaux chevaliers ou sinistres brigands, femmes charmantes ou diablesses aux visages d'anges... que choisir, mon cher Marlow ?

– Ce n'est pas simple, en effet, d'autant que l'accueil est parfait. Je suis quand même persuadé que vous avez un suspect en tête.

Higgins feuilleta le carnet.

– Cette nuit nous apportera une réponse... je vais dormir un peu.

Comme promis, le superintendant monta la garde. Le ciel se zébrait d'éclairs qui illuminaient le château et les alentours ; la foudre tomba à deux reprises, deux grands chênes s'abattirent en gémissant. Le plus courageux eût été impressionné ; au moment où Marlow s'écartait de la fenêtre, la foudre tomba une troisième fois, avec une incroyable violence.

Au cœur de la forêt, une bâtisse fut touchée de plein fouet. De hautes flammes montèrent dans le ciel. La cloche du château sonna à toute volée ; le superintendant entendit des cris qui ressemblaient à des appels au secours. Il voulut réveiller aussitôt Higgins, mais ce dernier était déjà sanglé dans son *Tielocken* et achevait d'enfiler ses bottes.

– Équipez-vous, mon cher Marlow ; la promenade risque d'être humide.

– Compteriez-vous sortir par ce temps ?

– C'est tout à fait indispensable.

– Ne risquons-nous pas de nous perdre ?

– Les flammes nous guideront.

– Ne pourrions-nous attendre demain ?

– Non, superintendant ; un signe du ciel s'exploite sans délai.

Dûment botté, Marlow suivit Higgins ; dans ce genre de circonstances, personne ne pouvait faire revenir l'ex-inspecteur-chef sur sa décision.

Dans la cour du château, ils se heurtèrent à Perceval, affolé.

– Ce doit être la chapelle qui brûle, expliqua-t-elle. J'y cours.

– Nous vous accompagnons ; contient-elle des reliques ou des objets précieux ?

– Je ne crois pas ; c'est un lieu de pèlerinage. La voir détruite serait affreux.

– Est-ce loin ? demanda Marlow.

– En marchant vite, une demi-heure.

Le superintendant se résigna.

Perceval connaissait bien la forêt ; malgré la pluie et les rafales de vent, il ne se trompa pas de sentier. Marlow, peu habitué à ce type d'exercice, s'enfonça à plusieurs reprises dans des mares boueuses mais tint vaillamment son rang. Au terme de trente-cinq minutes d'efforts, la petite troupe parvint aux abords de la chapelle.

La foudre était tombée sur le clocher qui brûlait encore ; le corps de l'édifice semblait intact. Le trio passa devant une croix de pierre à moitié effondrée, gravit les marches et entra dans la chapelle.

– Glacial, jugea Marlow.

– Un culte est-il encore célébré ?

– Non, répondit Perceval.

Higgins s'approcha de la grille et vit l'autel recouvert d'un drap de soie.

– Cette parure semble démontrer le contraire.

– Ce n'est qu'une relique.

– La chapelle contient-elle des sépultures ?

– Je ne crois pas, inspecteur.

– Bizarre... d'ordinaire, à cette époque, on enterrait les abbés et les chevaliers sous le dallage.

– Le roi Arthur n'avait pas fait entreprendre les travaux de restauration ; il les prévoyait pour l'an prochain.

Higgins examina l'autel, souleva le drap de soie, glissa l'extrémité de son crayon entre les pierres.

– Que cherchez-vous ? demanda Perceval, étonné.

– Un drame s'est produit dans ces murs.

– Un drame ? Que voulez-vous dire ?

– Quand le roi Arthur est-il venu ici pour la dernière fois ? interrogea Marlow.

– Je l'ignore.

Higgins se pencha vers un recoin obscur où gisait un chandelier en argent qui portait les traces de six cierges. Marlow s'accroupit à son tour.

– Croyez-vous qu'il ait été utilisé récemment ?

– C'est probable.

– On est donc venu ici et on a organisé une cérémonie... pour qui et dans quelle intention ?

– Posons les bonnes questions à la chapelle, mon cher Marlow, et elle nous répondra.

Du point de vue du superintendant, Higgins sombrait une fois de plus dans une tendance mystique qui l'éloignait de la police scientifique ; dans un pareil endroit, cependant, il était difficile de le lui reprocher.

– Je ne me sens pas très bien, dit Perceval ; il fait humide et étouffant. Puis-je sortir ?

– Ne vous éloignez pas, ordonna Marlow.

Higgins prit des notes sur l'édifice ; portail en chêne massif, nef à quatre piliers, chœur roman : sans nul doute, une construction du haut Moyen Âge servant de reliquaire pour un important personnage. L'ex-inspecteur-chef revint vers l'entrée.

– Nous partons ? s'enquit Marlow.

– Braquez votre lampe de poche sur la façade, juste au-dessus de la porte.

Marlow s'exécuta.

– On a martelé une inscription, observa-t-il.

– Elle révélait sans doute la fonction de la chapelle ; retournons à l'intérieur.

Avec lenteur et méthode, l'ex-inspecteur-chef s'attarda sur chaque recoin. Il finit par aboutir, au pied du mur du fond, à un orifice creusé dans le sol.

Marlow éclaira les marches d'un escalier qui s'enfonçait sous terre ; Higgins s'y engagea.

– Où cela conduit-il ?

– Dans une crypte, superintendant.

Marlow rejoignit Higgins. Ils découvrirent un sarcophage en granit posé sur le sol de terre battue ; dressé contre le mur voisin, le couvercle. Le superintendant eut un mauvais pressentiment.

– Et si... si c'était le tombeau du roi Arthur ?

Higgins regarda à l'intérieur du sarcophage, faiblement éclairé par le faisceau de lumière jaillissant de la lampe de son collègue.

– Ce n'est pas lui qui occupe le sarcophage.

– Mais qui...

Le superintendant s'approcha, éclaira davantage, et découvrit un horrible spectacle.

Dans le sarcophage reposait le cadavre d'une femme nue, lacéré de coups de griffes qui avaient profondément entaillé les chairs.

Sur le front avait été tracée une croix sanglante ; sur le cœur, un nœud magique, ressemblant à une empreinte de sceau.

Une forte odeur de soufre, répandu sur le cadavre, agressa les narines des deux hommes.

– C'est elle, constata Marlow, c'est Janet Bee.

CHAPITRE XXI

Peu après la sonnerie de matines, celle de minuit, Higgins demanda à Perceval Watts de faire venir dans la grande salle Lancelot Heath, Mordret Stone et Merlin Agleton. Scott Marlow, avec l'aide de Perceval, avait refermé la grille du sanctuaire et la porte de la chapelle. Plus personne, hélas, ne pouvait venir en aide à la malheureuse Janet Bee. Le superintendant, en bon policier, voulait alerter sans délai l'autorité judiciaire ; l'ex-inspecteur-chef lui demanda de se préoccuper avant tout de l'enquête afin d'identifier au plus tôt l'assassin.

– Que se passe-t-il ? demanda Lancelot.

– Un crime abominable a été commis, déclara Higgins, sombre.

– Le roi Arthur ? s'enquit Merlin.

– Nous venons de retrouver le cadavre de Janet Bee.

– La médiéviste ?

– Elle a été torturée, dit Marlow. Son corps porte de multiples traces de coups de griffes.

– En ce cas, je connais l'assassin.

La déclaration de Merlin imposa le silence.

– Parlez, exigea Marlow.

– C'est difficile, objecta le vieillard ; nous étions persuadés que ce monstre avait disparu.

– Lancelot et moi l'avions pourchassé, confirma Mordret.

– De qui s'agit-il ? s'impatienta Marlow.

– De la manticore, bien sûr.

Le superintendant regarda Higgins.

– Se moque-t-il de nous ?

– La manticore est une bête terrifiante et sanguinaire, expliqua Merlin. Sa peau est rouge ; elle a un corps de lion, une queue de scorpion et une tête humaine. Ses mâchoires sont plus dures que l'acier ; de plus, c'est l'animal le plus rapide de la terre. Aucun chasseur n'a pu la piéger. Pour la tuer, il faudrait répandre du soufre sur tout son corps.

Scott Marlow s'emporta.

– Cessez immédiatement de vous moquer de nous !

Lancelot intervint.

– La manticore existe.

– L'avez-vous vue ? demanda Higgins.

– Non... mais les textes sont formels.

– Et vous, Mordret ?

– Non... mais Lancelot a raison.

Higgins croisa les mains derrière le dos.

– Soyons sérieux, messieurs ; la comédie est terminée.

– Quelle comédie ? s'insurgea Mordret. Nous croyons à la Table ronde ; elle est notre raison de vivre, notre idéal. Aucun de nous ne vous permettra de mettre notre foi en doute !

Higgins fit face au petit homme au front bas dont la fureur n'était pas feinte.

– Il y a au moins un menteur parmi vous.

– Comment osez-vous ! s'insurgea Lancelot.

– Janet Bee est bien venue ici et elle a été assassinée. L'un d'entre vous l'a forcément rencontrée... pour ne pas dire plus.

– Pourquoi dites-vous « menteur » et non « menteuse » ? questionna Perceval ; nous ne devrions pas être seuls en cause !

– Exact, M. Watts. Si le superintendant et moi-même

avons organisé cette réunion préliminaire, c'est pour vous demander de ne plus quitter le château.

– Prisonniers ?

– Témoins privilégiés. Vous voudrez bien relever le pont-levis.

– C'est... c'est un abus de pouvoir ! protesta Mordret Stone.

Scott Marlow se fit tranchant.

– Scotland Yard ne badine pas avec le crime. Mon collègue estime que nous pouvons résoudre cette affaire avec discrétion et identifier le mouton noir qui déshonore la Table ronde ; si vous coopérez, je veux bien me rendre quelque temps à ses raisons. Sinon, j'utiliserai des méthodes plus radicales : arrestation immédiate de tous les suspects et interrogatoire dans mes locaux.

– Ce serait désastreux, reconnut Mordret ; nous tenons à notre réputation et à notre honorabilité. Dans la mesure de nos moyens, nous aiderons l'inspecteur Higgins.

Lancelot et Perceval approuvèrent d'un signe de tête.

– Seriez-vous en désaccord avec cette position ?

– Non, inspecteur, bien sûr que non... mais comment pourrions-nous vous être utiles ? Nous ne sommes pas des policiers, dit Perceval.

Higgins consulta son carnet noir.

– Si vous commenciez par dire la vérité, nous progresserions rapidement.

– Vos insinuations sont insultantes ! estima Lancelot ; la morale du chevalier implique sa sincérité.

– Permettez-moi de supposer que l'un de vous l'a enfreinte.

Le ton de Higgins ne supportait pas la réplique ; personne ne s'y risqua.

– Oublions la manticore, voulez-vous ?

– Je ne suis pas d'accord, susurra Merlin. La manticore existe, elle...

Le vieillard s'interrompit de lui-même.

– Deux solutions s'offrent à nous, proposa Higgins : ou bien l'assassin haïssait Janet Bee et a lacéré son corps sous l'effet de la fureur ; ou bien il s'agit d'une mise en scène destinée à nous égarer.

Perceval blêmit.

– Qui serait assez fou pour agir de la sorte ?

– Assez fou ou suffisamment astucieux ?

– Ce serait diabolique ! jugea Lancelot.

– Un bon chevalier ne doit-il pas lutter contre le diable ?

– Soyez certain qu'il n'est pas entré à l'intérieur du cercle de la Table ronde.

– Lancelot a raison, approuva Mordret ; nous ne nions pas l'existence du démon mais savons comment procéder pour le repousser.

– Une croix a été tracée sur le front de Janet Bee, avec son propre sang et un nœud magique déposé sur son cœur ; pourquoi, à votre avis ?

Les quatres membres de la Table ronde se regardèrent, gênés.

– La vérité, exigea Marlow.

– Eh bien... commença Mordret, eh bien... ce sont des pratiques superstitieuses qui devraient attirer sur la malheureuse la miséricorde divine.

– Quelle faute avait-elle commise ?

Lancelot intervint.

– Cette chapelle abandonnée... elle n'aurait pas dû y entrer.

– Pourquoi ?

– Un lieu privé, un sanctuaire...

– Avouons-le, décida Merlin. La chapelle passe pour avoir contenu le tombeau du roi Arthur ; la légende est très locale et fort peu connue ; cette médiéviste, hélas pour elle, l'a prise au sérieux.

– N'existait-il pas une inscription au-dessus de la porte ?

– Si, répondit Mordret ; elle était en mauvais état mais affirmait que la chapelle avait abrité la sépulture du roi.

– Quand Janet Bee l'a déchiffrée, reprit Higgins, elle a sans doute vécu le plus beau moment de son existence ; imaginez-la, le cœur battant, lorsqu'elle est entrée dans cet édifice dont elle rêvait depuis si longtemps. Elle ignorait que personne n'avait le droit d'en franchir le seuil, à l'exception des membres de la Table ronde. Cette imprudence, elle l'a payée de sa vie.

– Vous dramatisez, estima Merlin ; qui aurait tué cette pauvre fille pour si peu ?

CHAPITRE XXII

Scott Marlow déjeuna d'un solide appétit à la cuisine du château où Viviane, pimpante et enjouée, lui servit des œufs au bacon et une escalope aux petits lardons, accompagnés d'un café fort.

– Mon collègue est-il déjà levé ?

– Il a pris son breakfast voici une demi-heure et s'est dirigé vers l'écurie ; est-ce à cause de vous que nous sommes enfermés ?

– Un peu, madame, je l'avoue... c'est surtout une mesure de sécurité. Nous ne devons pas laisser s'échapper l'assassin qui se cache ici.

Viviane se révolta.

– Où est notre sécurité ? Nous sommes en danger, au contraire ! Un assassin dans nos murs... qu'attendez-vous pour l'arrêter ?

Marlow se hâta de manger, de peur de subir un accès de fureur féminine auquel aucun policier, appartînt-il au Yard, ne pouvait résister. Contraint de bousculer sa digestion, il arpenta bientôt les pavés de la grande cour et marcha jusqu'à l'écurie où Higgins regardait Perceval en train de bichonner un poulain.

– Avez-vous bien dormi, superintendant ?

– À ma grande honte, oui ; pourtant, l'image de cette jeune femme morte, martyrisée...

– Nous ne l'oublions pas, soyez sans crainte.

Le poulain avança, hésitant, en direction de Higgins qui lui flatta l'encolure.

– Comment peut-on supprimer une existence, mon cher Marlow ? La vie offre de telles merveilles que l'espèce humaine apparaît parfois comme une anomalie.

– Vous ne devriez pas trop caresser ce poulain, conseilla Perceval ; il risque de s'attacher à vous et vous ne pourrez plus le quitter.

Higgins s'écarta à regret ; comment ne pas songer à ces longues chevauchées dans la campagne, lorsqu'il s'amusait à franchir les haies, sans souci de l'avenir ? Dans un château comme celui-là, il n'aurait dû goûter que joie, beauté et harmonie. Une main criminelle en avait décidé autrement et modifié le cours heureux des jours. À son ami Malcolm MacCullough, à Janet Bee, et peut-être à un roi qui avait disparu, Higgins devait la vérité.

– Que savez-vous de Viviane Carrey ? demanda-t-il à Perceval.

Le chevalier s'occupa du fourrage.

– Rien de précis, à dire vrai.

– D'où vient-elle ?

– Je l'ignore ; Merlin lui-même ne le sait pas.

– Vous a-t-il fait des confidences ?

Le jeune homme parut gêné.

– Des confidences... ce n'est pas le terme exact ; disons qu'il s'est laissé aller, une fois ou deux, et m'a parlé de son admiration pour Viviane. Elle est belle, c'est vrai, belle et tentante... mais il faut s'en éloigner, inspecteur, et se tenir soigneusement à l'écart ! Moi, je n'ai aucun contact avec elle et ne veux pas en avoir.

– Vous ferait-elle peur ?

– Oui, et je n'ai pas honte de l'avouer ! Comment savoir ce qu'elle a dans la tête et dans le cœur ? C'est l'être le plus mystérieux qui vit dans ces murs... le roi lui-même ne devait pas connaître ses secrets. Pardonnez-moi, j'ai beaucoup à faire ; je dois nettoyer l'écurie.

À la surprise de Marlow, Higgins n'insista pas et abandonna le jeune chevalier.

L'automne anglais leur réservait une surprise dont il était coutumier : un temps doux et ensoleillé, une lumière diaphane qui mettait en relief le moindre détail du paysage. Le château de la Table ronde, baigné de cette tendre clarté, perdait son caractère austère.

Quand Blancheflore Purcell s'avança vers Higgins, il crut reconnaître la femme fée des contes médiévaux ; surgie de l'invisible, elle traversait la terre avant de se perdre à nouveau dans des régions inaccessibles aux hommes. Mais cette Blancheflore-là était bien réelle.

Les yeux gris-bleu étaient emplis de contrariété.

– Inspecteur... est-ce bien vrai ?

– Pourriez-vous être plus explicite, mademoiselle ?

– Il paraît que le pont-levis doit demeurer fermé...

– Mesure stratégique.

– C'est affreux, inspecteur... je ne peux plus sortir et me rendre au verger. Me voici la plus malheureuse des femmes.

Marlow compatit ; la jeune fille était attendrissante. Mais il connaissait trop bien son collègue pour savoir qu'il ne reviendrait pas sur sa décision.

– Un assassin se cache ici, mademoiselle.

– Lancelot nous l'a appris ce matin, indiqua Blancheflore, émue ; c'est affreux, bien sûr... ni moi ni mon verger ne sommes responsables. Si je ne chante pas au pied de mon pommier, si je ne joue pas de la harpe, les fruits vont dépérir et notre récolte sera mince. Oh, mon Dieu !

Blancheflore, fixant Scott Marlow, roula des yeux angoissés et porta les mains à ses lèvres.

– Qu'avez-vous, mademoiselle ?

– Votre teint, superintendant !

– Qu'a-t-il donc ?

– Il est un peu jaune... n'annoncerait-il pas un ictère ?

Marlow fut troublé.

– Je ne me sens pas très bien, en effet ; j'ai mangé trop vite, ce matin. La digestion se fait mal.

– Je peux vous soigner.

– De quelle manière ?

– Avec les simples qui poussent dans un angle du verger ; mais nous devons avoir accès à celui-ci.

Le superintendant se tourna vers Higgins.

– Peut-être faudrait-il assouplir notre dispositif.

L'ex-inspecteur-chef acquiesça ; Marlow en fut surpris.

Folle de joie, Blancheflore courut avertir Perceval qui abaissa le pont-levis.

– Me donnerez-vous le bras ? demanda la jeune fille à Higgins.

Celui-ci plia encore ; Marlow s'interrogea. Blancheflore n'était-elle pas en train de le conquérir au point de lui troubler la raison ?

La promenade fut lente et délicieuse ; Blancheflore chantonnait une ballade médiévale, Marlow suivait le couple qui, malgré la différence d'âge, lui paraissait bien assorti.

Le verger était magnifique ; le feuillage des arbres jetait ses derniers feux. La lumière d'automne offrait ors et dorures, ultime concert de couleurs avant la mort lente de l'hiver.

Higgins jeta un œil au cor toujours accroché à la branche du pommier et se laissa guider jusqu'au carré d'herbes médicinales. Blancheflore quitta son bras et s'accroupit ; sans hésiter elle cueillit une maigre fleur jaune à cinq pétales, l'aigremoine odorante, la plus modeste des rosacées.

– Grâce à une série d'infusions, annonça-t-elle, nous éviterons la lithiase biliaire et nous remettrons le foie en bon état.

– Pas de diète ? demanda Scott Marlow.

– Grâce à cette petite fleur, ce ne sera pas nécessaire.

Le superintendant appréciait de plus en plus le mode

de vie médiéval ; par moments, il en oubliait même son bureau du Yard. Il prit conscience que, comme Higgins, il était victime d'une sorte d'enchantement. La Table ronde ne diluait-elle pas, de manière insidieuse, leurs facultés d'analyse ?

– Laissez le pont-levis abaissé, inspecteur, supplia Blancheflore ; nous mettre en prison est trop cruel. J'ai besoin du verger, Viviane du lac et du jardin, les chevaliers de randonnées à cheval... si un criminel se dissimule parmi nous, commettrait-il la bêtise de s'enfuir ?

– Comme il vous plaira, mademoiselle.

CHAPITRE XXIII

Higgins surveilla la préparation de l'infusion ; rassuré sur les compétences de Blancheflore et sur ses bonnes intensions, il abandonna le superintendant aux mains de la charmante guérisseuse, franchit à nouveau le pont-levis, emprunta le chemin qui contournait le château, laissa le verger sur la droite et descendit vers le lac.

Assise au pied d'un thuya, Viviane observait la surface du lac en mâchant la queue d'un iris des marais. Les longs cheveux noirs, répandus sur les épaules, brillaient sous le soleil ; court vêtue, jambes et bras nus, elle ne portait qu'une légère tunique rouge vif.

– Quel temps splendide, inspecteur ; après cet horrible orage, qui aurait cru que la nature se montrerait aussi clémente ?

– La nature humaine ne fut pas aussi généreuse.

– Le meurtre de cette pauvre médiéviste... une atrocité, je vous l'accorde. Nous sommes tous bouleversés.

– Blancheflore Purcell ne m'a pas donné cette impression.

– Cette donzelle est stupide au point de ne pas dissimuler sa vraie nature ! Tant pis pour elle ; voyez-la telle qu'elle est et vous comprendrez son manège.

– N'est-il pas difficile de résister à une femme aussi charmante ?

– Elle le sait, en use et abuse ; qui, mieux qu'elle, est

l'incarnation de la femme rêvée de la chevalerie ? Si la décence m'autorisait à parler...

– Puis-je la remplacer ?

Viviane sourit.

– Avec ou sans mon concours, vous finirez par tout savoir sur chacun d'entre nous, n'est-il pas vrai ?

– C'est la moindre des choses, lorsqu'on enquête sur l'assassinat d'une jeune femme et la disparition d'un roi.

– Le roi Arthur... qu'est-il devenu ? C'est son absence qui engendre le malheur ; s'il ne nous avait pas quittés, ce drame ne se serait pas produit. Mais ne s'est-il pas enfui parce que nous étions indignes de lui ?

– Je suis persuadé du contraire. Connaissez-vous l'*Ode à la fidélité* de Harriett J.B. Harrenlittlewoodrof ?

Parfaite est la demeure que j'ai élue ;
Ni peste ni vieillesse ne poignent celui qui y réside.
Plus douce que le vin, la fontaine féconde me nourrit
Et le bonheur coule comme le flot des jours.

– Qui n'appellcrait pas de ses vœux un tel paradis, inspecteur ? Arthur en rêvait, il est vrai.

– Il l'avait même réalisé, puisque la Table ronde existe.

– Arthur avait oublié que des diablesses comme Blancheflore existent aussi. Elle voulait le séparer de Guenièvre, parce que seule la femme élue par le Graal pouvait être aimée du maître de la Table ronde.

– Guenièvre n'est-elle pas cette femme-là ?

– Blancheflore lui contestait cette élection ; sa jeunesse et sa beauté l'enivraient. Elle était persuadée de pouvoir obtenir l'affection d'Arthur... et s'il n'y avait eu que lui !

– Qui d'autre ?

– Je crois qu'elle tente d'emprisonner dans ses filets tous les chevaliers. Une dévoreuse d'hommes, voilà la vérité ! L'innocente pucelle ne sera satisfaite qu'après les avoir conquis, l'un après l'autre ; pour sauvegarder sa vertu, Perceval fut obligé de l'expulser de sa chambre où elle était entrée à moitié nue.

– Bel exploit, reconnut l'ex-inspecteur-chef. Le roi admettait-il ces pratiques ?

– Arthur n'était pas au courant et il faisait confiance ; à partir du moment où un être était reçu dans le cercle de la Table ronde, il appartenait au clan. Croyez-moi, inspecteur ; Blancheflore est une femme rouée, maligne et dangereuse. Elle a jeté son dévolu sur l'ensemble des chevaliers, s'amuse à les éprouver et choisira le meilleur d'entre eux au moment le plus favorable.

– Aurait-elle pris la tête d'un complot contre le roi ?

– Sous des dehors niais, c'est une dissimulatrice née.

– La reine en a-t-elle conscience ?

Un cygne passa devant Higgins et Viviane, traçant un sillon argenté sur l'eau calme du lac ; une brise légère faisait danser le sommet du thuya. Les hauts murs du château paraissaient presque accueillants.

– Guenièvre est une grande dame et une femme exceptionnelle, inspecteur, mais elle est incapable de régenter la Table ronde, sans Arthur. Il la vénérait, la protégeait, lui évitait tout désagrément ; privée de sa force, elle s'étiolera vite et sera contrainte d'abandonner le domaine. Triste fin, hélas !

– Comment a-t-elle réagi en apprenant la découverte du cadavre de Janet Bee ?

– Elle est effondrée. La disparition d'Arthur, cet horrible assassinat... c'est plus qu'elle ne peut supporter. Je redoute une grave dépression.

Avec discrétion, Higgins prenait quantité de notes ; Viviane étendit ses jambes nues, heureuse de profiter des caresses de l'herbe encore humide de rosée.

– Que comptez-vous faire du corps de cette pauvre archéologue, inspecteur ?

– Il repose dans la chapelle que Perceval a hermétiquement refermée. Le superintendant, comme il se doit, désire pratiquer une autopsie le plus rapidement possible.

– Seriez-vous en désaccord avec votre collègue ?

– Certes non, mais je tente de suspendre le temps et de résoudre cette affaire au plus vite afin d'éviter l'intrusion d'une police moderne qui tuerait l'illusion et le rêve si patiemment reconstruits.

– Curieuse attitude... vous n'êtes pas un policier ordinaire.

Viviane se leva.

– Si nous marchions ? J'aime me promener autour du lac ; c'est l'endroit du domaine que je préfère. Je contemple l'eau pendant des heures ; elle change sans cesse d'aspect et de couleur.

Higgins satisfit le désir de son interlocutrice. De fait, le lieu possédait une grâce qu'il dispensait à l'observateur attentif.

– Le frère d'Arthur ne peut-il venir en aide à Guenièvre ?

– Mordret ? Vous plaisantez, inspecteur ! C'est un individu sans foi ni loi qui déteste les femmes. Jamais vous ne rencontrerez un homme plus misogyne.

– Serait-il...

– Non, il n'éprouve aucune attirance coupable pour la gent masculine ; il satisfait aux exigences de la nature quand il se rend en ville et aurait volontiers exclu de la Table ronde le sexe faible. Ici, son travail lui suffit, agrémenté de quelques tournois.

– Blancheflore a-t-elle tenté de le séduire, lui aussi ?

Viviane s'arrêta. Son émotion était perceptible.

– Non, pas lui.

– Voilà qui est contradictoire par rapport à vos déclarations précédentes.

– Non, il existe une raison... une raison grave.

– Intéresse-t-elle l'enquête ?

– Pas directement, inspecteur... il s'agit d'un déplorable accident. Mordret a renversé la mère de Blancheflore et la malheureuse a été tuée sur le coup. Les dépositions des témoins ont permis de conclure à la non-culpabilité de Mordret ; la victime était ivre et s'est jetée sous les roues du véhicule. Comme Blancheflore avait déjà perdu son père et se trouvait sans ressources, Mordret a décidé de l'adopter et de lui permettre de mener une existence paisible au château.

– Comment la jeune fille a-t-elle réagi ?

– Elle ne déteste pas Mordret, car elle est persuadée de son innocence ; mais leurs rapports sont demeurés froids et distants. Comment oublierait-elle qu'il a tué sa mère ? Voilà sans doute pourquoi Mordret est devenu misogyne. Les femmes ne semblent pas lui porter chance. J'aimerais m'allonger dans l'herbe et contempler le ciel ; acceptez-vous de m'accompagner ?

– Un autre jour, sans doute ; vous savez que je lutte contre le temps.

– Êtes-vous persuadé que l'un d'entre nous est un assassin ?

– Prétendre le contraire serait mentir.

– Soupçonnez-vous quelqu'un ?

– Le voile se soulève peu à peu.

– Croyez-vous que le roi Arthur reviendra ?

– Il a été assassiné, mademoiselle. Qui pourrait encore en douter ?

CHAPITRE XXIV

Non sans regret, Higgins abandonna Viviane à sa méditation champêtre et reprit le chemin du château. L'accélération qu'il espérait semblait sur le point de se produire, sous des formes variées ; les assassins les plus intelligents oubliaient toujours que l'humanité environnante n'était pas forcément soumise à leur système et que de multiples grains de sable pouvaient enrayer la plus perfectionnée des machines.

Scott Marlow attendait Higgins sur le seuil du château.

– J'allais partir à votre recherche.

– Vous sentez-vous mieux, superintendant ?

– Cette infusion est une merveille, je me sens rajeuni.

– La médecine moderne oublie le foie qui est pourtant à notre organisme ce qu'est Jupiter au système solaire.

– Je demanderai la recette à notre petite Blancheflore ; avec qui conversiez-vous ?

– Avec Viviane.

– Comme cette femme est troublante... sur quel chemin a-t-elle tenté de vous engager ?

– Une descente vers le passé ; nous allons vérifier ses dires sur-le-champ. Savez-vous où se trouve Mordret Stone ?

– Je l'ai aperçu à la boulangerie.

Le frère du roi Arthur procédait à l'inventaire des pains et des gâteaux, dans une pièce voûtée qui s'ouvrait dans la grande cour. Là régnait une bonne odeur de pain chaud qui réveilla l'appétit du superintendant.

– Un peu de brioche, messieurs ? Elle sort du four.

– Volontiers.

Higgins et Marlow en apprécièrent le moelleux.

– Êtes-vous l'auteur de ce petit chef-d'œuvre ?

– Non, je ne touche à aucun artisanat ; la gestion du domaine suffit à occuper mon temps. Ces brioches sont dues à Blancheflore.

– Votre fille adoptive, si je ne m'abuse ?

Le petit homme au front bas accusa le choc.

– Qui... qui vous a appris ?

– Est-ce la vérité ?

Mordret baissa la tête, évitant le regard des deux policiers.

– Oui, c'est exact.

– Pourquoi cette décision ?

– Parce que j'ai tué sa mère lors d'un accident de voiture. La pauvre femme s'est jetée sous les roues de ma voiture alors que je roulais à vitesse réduite ; le meilleur conducteur n'aurait pu l'éviter. Le drame s'est produit en ville ; de nombreux témoins ont assisté à la scène et m'ont innocenté ; la victime était ivre. On aurait juré un suicide. En tentant de joindre la famille, j'ai constaté que seule restait une adolescente sans ressources. Que devais-je faire, sinon l'adopter ? Certes, je ne lui redonnerai jamais le bonheur dont je l'ai privée mais ici, au moins, elle mène une existence agréable et décente, à l'abri du besoin.

– Vous avez un grand cœur, M. Stone.

– Non, inspecteur ; dans ma position, n'importe qui aurait agi comme moi.

– Lancelot, par exemple ?

– Il a d'autres préoccupations.

– Perceval ?

– Trop jeune, je parle d'hommes d'expérience.

– Merlin ?

– Il n'a plus l'âge de veiller sur le destin d'une jeune femme.

– Vous voyez bien, M. Stone : votre attitude n'est pas si courante.

– Qu'importe mon attitude... seul compte le bonheur de Blancheflore.

– Pardonnez-moi cette question brutale, intervint Marlow, mais n'éprouve-t-elle pas un profond ressentiment à votre égard ?

– Qui l'en blâmerait ? Je n'ai pas l'impression qu'elle me hait, mais nos rapports demeurent distants. Le temps effacera peut-être la peine.

– Tous les membres de la Table ronde sont-ils au courant du drame que vous avez vécu ?

– Si Viviane a parlé, oui.

– À votre avis ? demanda Higgins.

– Une femme qui jette des maléfices n'est-elle pas capable de tout ? Cet horrible accident n'est peut-être pas le fait du hasard.

– Expliquez-vous, suggéra Higgins.

– La veille de cette tragédie, elle m'avait promis mille malheurs. Je n'en ai subi qu'un seul, mais il en valait bien mille.

– Quelle était la cause de cette animosité ?

– Je l'ignore. Me jalousait-elle, parce que je suis le frère du roi et son confident ? Désirait-elle me faire partir du domaine parce que je suis insensible à ses charmes ? Vérifiait-elle sur moi le pouvoir de ses incantations ? Dans ce dernier cas, elle a réussi.

Scott Marlow jugea la situation critique.

– C'est une grave accusation.

– Un simple sentiment. Je n'ai aucune preuve ; qui me prendrait au sérieux ?

– Nous, répondit Higgins. Elle vous a mis en condition afin d'affaiblir votre vigilance.

– J'y ai songé... mais cette malveillance ne pouvait être dirigée contre la mère de Blancheflore. Ni cette malheureuse ni moi-même ne savions que nous nous trouverions à cet endroit-là à ce moment-là.

Mordret Stone ferma son livre de comptes.

– Arthur... où en êtes-vous ?

– Nulle part, déplora Higgins.

– Pas l'ombre d'une piste ?

– Hélas ! non.

– Cette situation devient angoissante, inspecteur.

– Ma conviction est établie, M. Stone : le roi Arthur a été assassiné et le coupable a fait disparaître le corps.

Mordret Stone encaissa un second choc.

– Sur quoi se fonde votre conviction ? demanda-t-il d'une voix éteinte.

– La personnalité du roi, telle que je l'entrevois, et la conscience de son rôle et de ses devoirs.

– Ce n'est pas moi qui vous contredirai ; pour qu'Arthur abandonne la Table ronde, il eût fallu un motif extraordinaire qu'aucun de nous n'est capable d'imaginer.

– Et si ce motif existait ? proposa Scott Marlow.

– Aux yeux de mon frère, la lâcheté était le pire des crimes ; jamais il n'aurait reculé devant l'adversité, fût-il vaincu d'avance. Lui, quitter le siège royal et la direction de la Table ronde... non, c'est impossible. Je crois que l'inspecteur Higgins a malheureusement raison.

– Arthur ne vous a-t-il adressé aucune confidence concernant son état de santé ou un quelconque désenchantement ?

– Aucune, superintendant. Arthur était bâti comme un roc et se portait à merveille ; de plus, son enthousiasme croissait chaque jour. Notre confrérie se développait de manière harmonieuse et réalisait ses rêves. Qu'espérer de plus ?

« Les murs du château ont moins d'épaisseur que l'énigme à laquelle nous nous heurtons », songea Marlow.

– Un détail me choque, confia Mordret, songeur ;

pourquoi Perceval vous a-t-il emmenés de manière si précipitée à la chapelle ?

– Prolongez votre pensée, suggéra Higgins.

– N'a-t-il pas voulu dissimuler un indice ?

– Cette hypothèse n'est pas négligeable, reconnut l'ex-inspecteur-chef ; Perceval approuvait-il vraiment toutes les directives du roi ?

Mordret réfléchit.

– Il n'existait aucun conflit entre lui et Arthur... du moins visible. Par moments, je crois perdre la tête et ne plus reconnaître les êtres avec lesquels je vis. Concevoir d'aussi pénibles soupçons... c'est insupportable.

Perceval Watts entra dans la boulangerie.

– Il paraît que le pont-levis peut rester abaissé ? J'aimerais bien faire une promenade à cheval.

– Auparavant, estima Scott Marlow, nous devons avoir un petit entretien.

CHAPITRE XXV

– Un entretien... avec moi ?

– C'est bien à vous que je m'adresse, dit le superintendant, sévère. Trouvons un endroit tranquille.

– L'ancien pressoir, si vous voulez.

Pendant des siècles, les châtelains avaient fait presser des fruits pour en recueillir le jus dans un local assez bas de plafond et plutôt étroit où régnait encore une odeur puissante, mélange de cerise, de raisin, de poire et de prune. Higgins s'assit sur une margelle de pierre, face à Perceval qui resta debout, les bras croisés et l'air buté.

– Que me voulez-vous ?

– Que pensez-vous de Mordret Stone ? demanda Marlow.

Les grandes oreilles du jeune homme rosirent.

– Pourquoi devons-nous nous cacher pour en parler ?

– Nous menons une enquête, rappela le superintendant, et nous la menons à notre guise, que cela vous plaise ou non.

Le chevalier se révolta.

– Je n'ai pas l'habitude d'être bousculé de la sorte ; nous pourrions bien nous retrouver sur le pré, l'épée en main !

– Sûrement pas ; le duel est interdit en Angleterre.

– Cette Angleterre-là, je n'en veux pas !

– Le temps vous a rattrapé, M. Watts ; répondez à ma question.

Perceval fut contraint de s'incliner.

– Je le respecte, parce qu'il est très attaché à la Table ronde... mais ce n'est pas un homme amusant. Il se prend très au sérieux, je crois, et n'a pas l'habitude de rire.

– Est-il digne de confiance ? demanda Higgins.

– C'est sa principale qualité : on peut compter sur lui. Il a les épaules larges et il est fort. Souvent, je le trouve trop compliqué ; mais je n'ai rien à lui reprocher.

– Un drame n'a-t-il pas marqué son existence ?

Perceval Watts frappa du poing contre le pressoir.

– Cet horrible accident... Mordret a eu tort de se confier à Viviane. Quelle commère ! Elle en a parlé à tous les membres de la Table ronde. Mordret a beaucoup souffert ; pourquoi continuer à l'accabler alors qu'il n'était pas responsable ?

– Ce n'est peut-être pas l'avis de Blancheflore.

– Si, justement ; elle a conscience que sa mère, ivre, s'est jetée sous la voiture de Mordret qui n'avait aucune chance de l'éviter. Si vous comptiez sur moi pour monter un mauvais procès contre le frère du roi, détrompez-vous !

– Calmez-vous, jeune homme, recommanda Marlow.

Perceval Watts serra les poings ; il contenait son ardeur avec difficulté.

– Mordret est-il votre ami ? interrogea Higgins.

– La différence d'âge est trop grande.

– Lancelot Heath est plus proche de vous, semble-t-il.

– Ce n'est pas une apparence ; Lancelot est mon ami, en effet. Il est l'homme le plus droit et le plus brave de la terre ; s'il me le demandait, je le suivrais au bout du monde ! L'avez-vous vu se battre, lors du combat contre Mordret ? Jamais il ne recule ; un jour, nous affronterons ensemble le dragon qui garde le Graal et nous le vaincrons !

Selon Marlow, l'affaire était entendue ; en s'immergeant dans l'univers de la chevalerie, la raison de Perceval Watts s'était égarée. Il se prenait pour un héros des temps anciens, avide de conquêtes et de luttes acharnées contre des animaux imaginaires.

– Lancelot était-il un bon serviteur d'Arthur ? demanda l'ex-inspecteur-chef.

– Le meilleur de tous ! Depuis le premier moment, il lui obéit avec un cœur loyal. Sans Lancelot, le roi n'aurait pas réussi à reconstruire la Table ronde.

– Lancelot serait-il infaillible ?

La question de Higgins perturba Perceval.

– Infaillible... qui pourrait se prétendre infaillible ?

– Quelles erreurs votre ami a-t-il commises ?

Le jeune chevalier piétinait sur place.

– Ça le regarde ; la délation n'est pas mon fort.

– Vous ne nous faites guère confiance.

– Vous êtes des policiers.

– Notre seul but est de faire toute la lumière sur l'assassinat de votre roi et d'une jeune femme innocente.

L'argument émut le jeune chevalier.

– L'assassinat du roi... vous y croyez vraiment ?

– Je le redoute.

– Ce n'est pas possible... pas lui, pas le roi !

– Et si Lancelot avait été mêlé à un complot ? avança Marlow.

– Répétez ça et je vous assomme !

Le superintendant était prêt à l'affrontement ; Higgins se leva et sépara les adversaires.

– Ne prolongeons pas cette passe d'armes, recommanda l'ex-inspecteur-chef ; ce pressoir doit demeurer un lieu paisible.

Perceval croisa à nouveau les bras.

– Personne n'a le droit de porter de pareilles accusations contre Lancelot ; ne vous avisez pas de les formuler en sa présence. Il vous transpercerait le corps de son épée. Vous feriez mieux de le laisser en paix et de vous occuper du véritable traître.

– Qui désignez-vous ainsi ?

– Le roi m'a donné ce conseil : « Ne sois ni trop bavard, ni trop curieux ; celui qui parle trop commet un péché. Prends-y garde. »

– Le roi n'avait pas tort, admit Higgins, mais il n'est plus là pour vous conseiller ; aujourd'hui, vous devriez parler, Perceval. Grâce à vous, nous pourrions identifier l'assassin.

Une crise de conscience agitait l'esprit du jeune homme ; l'ex-inspecteur-chef ne le harcela pas.

– Le fils du diable est parmi nous, révéla Perceval. Il a pour nom Merlin Agleton.

– C'est un vieillard, objecta Scott Marlow.

– Vous vous trompez ! Il reste vert et entreprenant ; il est aussi inventif et actif que pendant sa jeunesse. Les ans n'ont pas de prise sur lui.

– Lorsqu'il se déplace en s'aidant de sa canne, il éprouve de réelles difficultés !

– Beaucoup moins qu'il n'y paraît ; n'oubliez pas qu'il fut illusionniste, magicien, jongleur et sait jouer la comédie à la perfection.

Higgins prit de nombreuses notes ; les déclarations du jeune homme donnaient un tour nouveau à l'enquête.

– Pourquoi le roi Arthur avait-il accepté la présence de Merlin ?

– À cause de sa connaissance de la tradition médiévale et des plus vieilles légendes chevaleresques ; au même titre que Mordret et Lancelot, il était le confident d'Arthur qui ne dédaignait pas ses conseils.

– Merlin ne convoitait-il pas le pouvoir suprême ?

La question du superintendant amusa Perceval.

– Il serait incapable de diriger la Table ronde et le sait parfaitement ; Merlin est un second, pas un chef. Aussi respectait-il Arthur, avec la ferme intention de comploter sans cesse contre lui.

– Dans quelle perspective ?

– Pour le simple plaisir de comploter ; c'est dans sa nature. Intriguer, répandre de faux bruits, emmêler des fils et les démêler : voilà les goûts de Merlin. Sans parler de sa passion, jamais éteinte.

– Viviane ?

– Oui, Viviane ; elle l'attire comme la lumière une mouche.

– Accueille-t-elle cette passion avec faveur ?

– Tantôt oui, tantôt non... Viviane est cruelle et changeante. Elle est jeune, il est vieux ; parfois, il l'amuse, parfois il l'ennuie. Mais Merlin est tenace et revient toujours à l'assaut, quels que soient les affronts subis. N'est-ce pas indigne ?

Scott Marlow opina du chef ; Perceval remonta dans son estime. Un jeune homme qui respectait des principes moraux ne pouvait être foncièrement mauvais.

– Si quelqu'un a organisé un complot, déclara Perceval avec fougue, c'est Merlin.

CHAPITRE XXVI

Bien qu'elle fût alitée, la reine Guenièvre accepta de recevoir l'inspecteur Higgins. Ce dernier avait demandé à Marlow de se promener à l'intérieur et à l'extérieur du château, d'observer ce qui s'y passait et de repérer le moindre indice anormal. Le superintendant était parti à l'aventure avec un réel esprit de conquête, d'autant plus qu'il avait besoin d'une nouvelle infusion.

Guenièvre reposait dans un immense lit carré où auraient pu coucher quatre personnes ; le lit était installé sur une sorte d'estrade, les pieds face à la cheminée. Le dos calé contre deux oreillers, une coiffe en coton sur la tête, la reine paraissait épuisée.

– Mon mari est mort, n'est-ce pas ?

– Je le crains, madame.

– La nuit durant, j'ai ressenti le froid du trépas ; j'ai su qu'Arthur était parti pour l'au-delà et que je ne le reverrai plus sur cette terre.

La reine avait tiré jusqu'au menton une couverture en laine fourrée d'hermine.

– La roue de Fortune a tourné, inspecteur ; chacun voit son destin monter et descendre, personne n'en détient la clé. Modifier l'ordre des choses est inutile ; le temps du bonheur est passé et ne reviendra plus.

– Aucun mot ne peut atténuer la peine que vous éprouvez ; laisser subsister un espoir serait malhonnête.

– Mon mari, cette jeune femme... deux meurtres ?
– Deux meurtres.
– Sont-ils liés ?
– Je ne peux vous révéler les étapes de mon enquête.
– Je le comprends... j'aimerais vous aider.
– Vous le pouvez, en ne me cachant rien de ce que vous savez.

Guenièvre ne répondit pas ; malgré son engagement, elle demeurait sur la défensive.

– Vous a-t-on décrit le cadavre de Janet Bee ?
– Merlin et les trois chevaliers m'ont fait part de votre sinistre découverte.
– Le roi se rendait-il fréquemment à la vieille chapelle ?
– Non. Il comptait la faire restaurer l'année prochaine ; selon la légende locale, notre ancêtre y aurait été enterré, mais le sarcophage était vide.
– Vous a-t-on parlé de la croix sanglante sur le front de la victime et du nœud magique ?

Les traits de la reine se durcirent.

– Oui, Lancelot a osé m'en parler.
– Ces signes rituels vous sont-ils familiers ?
– Familiers ! Mon Dieu...
– Soyez sincère, madame.

La voix de l'ex-inspecteur-chef était chaleureuse ; Guenièvre se sentit en confiance.

– La croix est un signe de rédemption que n'importe qui a pu employer ; le nœud magique, en revanche... c'est la marque de Viviane. Elle se plaît à en poser sur les lieux qu'elle estime avoir envoûtés.
– Cela signifie-t-il qu'elle avait pris... possession du cadavre de Janet Bee ?
– Peut-être, inspecteur ; mais pourquoi aurait-elle agi ainsi ?
– Nous verrons.
– Qui soupçonnez-vous, inspecteur ?
– Le jeune Perceval m'intrigue.

– C'est pourtant un être simple, sans complications...

– Vous savez bien que non, madame ; du moins, ce n'est pas ainsi que vous le percevez.

La reine sourit avec tristesse.

– Vous percez l'âme, inspecteur.

– Je tente de faire correctement mon travail.

– Perceval demeure pour moi une énigme, avoua la reine ; ce jeune homme est bloqué, figé. Il ne parvient pas à s'épanouir.

– La personnalité du roi ne l'étouffait-elle pas ?

– Arthur était un homme impressionnant, il est vrai.

– Perceval ne s'est-il pas révolté contre lui ?

– Si vous songez à lui comme à un assassin possible, vous faites fausse route ; certes, il aurait eu la force de tuer Arthur, mais il ne possède aucun mobile.

– En diriez-vous autant de Blancheflore Purcell ?

– Une intrigante qui joue les niaises tout en creusant sa place parmi nous ; elle est tenace, persévérante et intéressée.

– Jugement sévère.

– Lucide, inspecteur ; je n'oublie pas le drame qui a marqué son existence : père inconnu, mère morte lors de l'accident où fut impliqué Mordret... mais pourquoi aurait-elle sacrifié sa jeunesse en vivant dans ce château, sinon afin de devenir une grande dame, riche et respectée ? À mon avis, elle n'acceptera plus longtemps de servir, de faire la cuisine et de jouer un rôle de pucelle innocente.

– Aurait-elle tenté de séduire le roi ?

– Pas à ma connaissance. Si elle a commis cette bévue, elle aura été vertement rabrouée.

– Une femme repoussée peut devenir criminelle.

La reine sembla troublée ; Higgins poursuivit.

– De qui Blancheflore est-elle amoureuse ? De Lancelot ou de Perceval ?

– Comment le saurais-je ? Elle ne me fait pas ses confidences et je ne les accepterais pas.

– N'êtes-vous pas très seule, madame ?
– Le frère de mon mari, Mordret...
– Vous ne l'aimez guère.
– C'est un être farouche ; Arthur l'appréciait, pas moi. Il brise tout sur son passage ; autant Arthur était fin, autant Mordret est rustre et sans nuance. Sa haine des femmes me choque ; il souhaitait me voir enfermée dans le donjon et aurait volontiers expulsé Viviane et Blancheflore.
– Fâcheuses intentions ; appréciez-vous la compagnie de Merlin ?
– Au début de notre aventure, oui ; certes, il était rusé, cauteleux, mais je crois que la Table ronde l'attirait et qu'il lui a apporté sa science sans restriction. Ces derniers mois, il a beaucoup changé ; soutien fidèle du roi, ami intègre, conseiller désintéressé... je ne pouvais plus lui appliquer ces qualificatifs. Arthur n'a pas voulu me croire.
– Pourquoi Merlin a-t-il changé à ce point ?
– Une femme, inspecteur.
– Viviane ?
– Ne transformerait-elle pas un homme en démon ?
– L'âge de Merlin aurait dû le mettre à l'abri d'un piège.
– Personne n'est à l'abri de la passion ; Merlin n'est un vieillard qu'en apparence. Son dynamisme est intact ; qui le mépriserait s'en mordrait les doigts. Je me sens lasse, inspecteur ; pourrais-je me reposer ?
– Bien sûr, madame ; réfléchissez et regroupez vos souvenirs. Ils pourraient m'être utiles.
Quand Higgins sortit de la chambre de la reine, Merlin Agleton sortit de derrière une tenture.
– Comment se porte Sa Majesté ?
– Un moment de fatigue ; les émotions ont été trop fortes.
– Une reine demeure une femme, inspecteur ; lorsqu'elle ne se tient plus à sa place, elle risque de commet-

tre de lourdes erreurs. Guenièvre est intelligente et sensible ; qu'elle se soumette au destin, et tout ira bien.

– À quel destin ?

– Nul ne le connaît, inspecteur ; ne faut-il pas laisser les morts dormir en paix ?

– Pas lorsqu'ils ont été assassinés.

– Croyez-vous que l'âme des victimes est errante et vient tourmenter les vivants ?

– Tant que l'assassin n'aura pas été identifié, je ne connaîtrai pas la paix, moi non plus.

– Ne courez-vous pas de grands risques en creusant les mémoires ?

– Peu importent les risques, s'ils mènent à la vérité.

– La vérité... n'est-elle pas plus changeante qu'une femme ?

CHAPITRE XXVII

Blancheflore, haletante, interrompit les deux hommes.

– Inspecteur, venez vite ! Un drame... un drame épouvantable !

Higgins suivit la jeune fille ; Merlin pressa l'allure derrière eux. Blancheflore courut jusqu'à l'écurie ; Scott Marlow en interdisait l'entrée, malgré les protestations de Mordret et de Viviane.

L'ex-inspecteur-chef pénétra dans l'écurie où Lancelot, agenouillé, pratiquait la respiration artificielle sur le corps de Perceval, étendu sur le sol.

– Je l'ai sauvé de justesse, expliqua Lancelot ; je venais chercher un cheval et j'ai trouvé Perceval pendu. Il respirait encore. Je l'ai décroché... une minute plus tard, et il était mort.

Une marque violette, au cou de Perceval, montrait assez que le jeune chevalier n'avait pas simulé un suicide.

– Je ne comprends pas, avoua Lancelot ; se tuer soi-même est interdit par la règle des chevaliers.

Higgins se promena dans l'écurie, pendant que Lancelot ramenait Perceval à la vie ; il ne remarqua aucun indice susceptible de l'éclairer sur le drame.

Marlow laissa entrer Merlin, Mordret et Viviane.

– Que s'est-il passé ? demanda le vieillard.

– Tentative de suicide, indiqua le superintendant.

– Impossible, répondit Mordret.

– Cela signifie-t-il que quelqu'un a tenté de pendre Perceval ?

– Il aurait fallu l'assommer d'abord, objecta Higgins, et la tête ne porte aucune trace de blessure. Dès que Perceval sera en état de parler, il éclaircira lui-même les raisons de son geste.

Lancelot ôta la corde encore passée autour du cou du jeune homme.

– Je m'occupe de lui, dit Viviane ; une pommade sur la peau et des tisanes pour le cœur et les poumons. Demain, il sera sur pied.

*
**

La chambre de Perceval se trouvait au rez-de-chaussée d'une des ailes de la grande cour, près de la chapelle où il aimait sonner les cloches. Viviane, après l'avoir soigné, sortit de la pièce devant laquelle Lancelot montait la garde.

– Comment se porte notre malade ?

– Il est très robuste, répondit Viviane ; il se rétablira vite, bien que l'aile de la mort l'ait effleuré. Je lui prépare un bouillon qui lui fouettera le sang.

Bras croisés, l'œil noir, Lancelot la regarda s'éloigner.

– Notre Viviane est bien dévouée.

– N'est-ce pas dans ses habitudes ?

– Viviane n'a pas d'habitudes ; elle se meut au gré de sa fantaisie.

– Vous êtes l'ami de Perceval, rappela Higgins ; comment expliquez-vous son geste ?

L'athlète aux longs cheveux noirs sembla perdu.

– C'est insensé, inspecteur, complètement insensé... Perceval est un garçon simple, très droit, complètement engagé dans l'aventure de la Table ronde. J'ai dit au roi que je le considérais comme son successeur possible, en raison de ses vertus morales et de sa force de caractère. Quelle horrible déception... en tentant de se suicider, il a violé la loi de la Table ronde.

– N'a-t-il jamais émis de critique contre le roi ?

– Perceval ? Jamais ! Il vénérait et craignait Arthur.

– Pas la moindre dissension ?

– Pas la moindre.

Un râle alerta les deux hommes. Lancelot se précipita dans la chambre ; Higgins le suivit, plus calmement.

Perceval s'était redressé et portait la main à son cou violacé.

– Par tous les saints, dit-il d'une voix rauque, qu'ai-je fait... qu'ai-je donc fait ?

– Avez-vous été agressé ? demanda Higgins.

Perceval le regarda avec des yeux hagards.

– Agressé, moi ? Mais par qui ?

– Quelqu'un a-t-il tenté de vous pendre ?

– Non... bien sûr que non...

– Pourquoi as-tu tenté de te tuer ? interrogea Lancelot, bouleversé.

– Me tuer... oui, me tuer !

Le jeune homme tenta de s'étrangler en se serrant le cou avec ses deux mains.

– Me tuer ! hurla-t-il, au risque de se briser les cordes vocales.

Lancelot l'obligea à lâcher sa prise en lui saisissant les poignets.

– Ça suffit, Perceval ! Tu es un chevalier, pas une donzelle !

Le regard du jeune homme chavira ; il éclata en sanglots.

– Non, mon ami, je ne suis plus digne de porter ce titre sublime de chevalier... je ne suis qu'un lâche et un traître. Si tu me portes encore quelque affection, supprime-moi de ta main !

Lancelot parut sidéré.

– Toi, un lâche et un traître... quel forfait as-tu commis ?

– Ne m'oblige pas à me confesser... supprime-moi, je t'en supplie !

Perceval s'accrocha à Lancelot.

– Je n'en ai pas le droit ; tu n'es pas mon ennemi et nous ne sommes pas sur un champ de bataille.

– Si tu savais la vérité, tu me haïrais !

– Alors, parle !

Perceval s'amollit et laissa sa tête retomber en arrière. Les pleurs cessèrent et le regard devint fixe.

– J'ai assassiné le roi Arthur, avoua-t-il.

Un long silence s'établit ; Lancelot, abasourdi, s'écarta du lit. Higgins s'en approcha.

– De quelle manière ?

– J'ai assassiné le roi Arthur, répéta Perceval.

– Et Janet Bee ?

– Janet Bee... je l'ai assassinée. Elle et le roi Arthur.

CHAPITRE XXVIII

Higgins fit signe à Lancelot de sortir de la chambre.

– C'est épouvantable, inspecteur ! Perceval a raison... je dois le transpercer de mon épée !

– Pas de hâte.

– Vous ne le croyez pas ?

– Je crois que l'état de choc le fait délirer.

– Au point de s'accuser de deux crimes qu'il n'aurait pas commis ?

– La question doit se poser dans d'autres termes.

Lancelot ne suivait pas le raisonnement de Higgins.

– S'il n'est pas un assassin, que va-t-il imaginer ? Et s'il l'est... il faut le châtier sur-le-champ !

– Je dois d'abord l'interroger ; quand il se sera calmé, il pourra répondre à mes questions de manière cohérente.

Viviane réapparut, porteuse d'un bol de tisane au délicieux fumet.

– Du thym, du tilleul et de la verveine, expliqua-t-elle ; après ce calmant, nous y verrons plus clair.

L'ex-inspecteur-chef la laissa entrer.

– Comment le trouvez-vous ? demanda Lancelot lorsqu'elle referma la porte de la chambre.

– Apaisé, répondit-elle. Je vais préparer la pommade ; la marque sur le cou n'est pas bien jolie.

Lancelot éprouvait quelque peine à reprendre ses esprits.

– Perceval, un meurtrier... je ne peux l'accepter !

– A-t-il eu des contacts avec Merlin, récemment ?

– Ce vieux fourbe ? Certainement pas ! Perceval le détestait autant que moi. Sous ses dehors de sagesse, il ne cesse de comploter et de préparer des mauvais coups.

– Dangereux ou inoffensif ?

– Autrefois, très dangereux ; il possédait de réels pouvoirs et envoûtait les êtres. Avec l'âge, il les a perdus mais refuse sa déchéance. Il ne rêve que de reconquérir son emprise sur tous les membres de la Table ronde ; l'aveugle ne comprend pas que sa passion le perd et l'affaiblit.

– Viviane ?

– Oui, Viviane la magicienne, Viviane l'enjôleuse, Viviane qui n'aime qu'elle-même et conduit ses soupirants à la perdition ! Je la hais autant qu'on peut haïr.

– L'accuseriez-vous de meurtre ?

– Si Perceval n'avait pas avoué, j'aurais conservé la certitude qu'un complot avait été ourdi contre le roi. En ce cas, Viviane en eût été l'instigatrice. Sans elle, personne n'aurait osé entreprendre une action maléfique.

– Merlin aurait-il accepté d'être son complice ?

– Elle méprise ce vieux bouc et il en souffre ! C'est pourquoi il se rabat sur la pucelle.

– Blancheflore ?

– La petite garce est attirante, il est vrai ; qui ne l'aimerait dans sa couche afin de se livrer aux jeux de l'amour ? La vieille canaille de Merlin ne cesse de l'importuner. Elle est si niaise qu'elle ne doit même pas percevoir ses intentions.

– Aimait-elle le roi Arthur ?

– Beaucoup ; il la fascinait. La pucelle est sensible à la prestance ; sans la protection du roi, Viviane l'aurait chassée du château depuis longtemps. Sa jeunesse lui porte ombrage.

– Pouvait-elle devenir complice de Merlin ?

– Impossible, car la magie de ce fils du diable est devenue inopérante ; l'innocence de Blancheflore la sauvegarde à son insu. Que Merlin continue à la courtiser... il s'épuisera avant elle. Le vieux fou la croit moins coûteuse que Viviane...

Soudain, la canne du vieillard heurta le plancher, déclenchant un bruit étrange qui fit sursauter Lancelot ; Merlin apparut, comme s'il surgissait de nulle part.

– On médit de moi, chevalier ?

– En matière de médisance, qui oserait vous affronter ?

– Voilà de bien vilaines paroles dans la bouche d'un si noble personnage ; vous devriez vous rétracter sans tarder. Sinon, vous risquez de ternir ma réputation et d'influencer le jugement de l'inspecteur Higgins de manière fâcheuse.

– Mes propos étaient exacts.

– Tsst, tsst, chevalier... ce n'est pas bien d'attaquer un vieil homme sans défense.

Merlin Agleton se tassa sur sa canne, comme s'il était prêt à s'effondrer.

– Si vous saviez manier l'épée, tonna Lancelot, je vous aurais défié depuis longtemps ! Vous êtes un fieffé coquin, un jongleur et un sinistre amuseur ! Après ces drames, vous devriez partir et disparaître.

Merlin se redressa ; son regard devint farouche.

– Si vous tentez de m'expulser, chevalier, je dirai tout. L'inspecteur Higgins s'apercevra que l'héroïque Lancelot n'est pas le chevalier à l'âme immaculée pour lequel il tente de se faire passer.

L'athlète vêtu de blanc posa ses mains puissantes sur les épaules du vieillard.

– Tu vas te taire, Merlin, ou je te casse en deux !

– Vous n'oseriez pas, chevalier : Scotland Yard nous observe.

– Tu es un fourbe, un...

– En matière de fourberie, vous me surpassez.

Conscient de sa provocation, Merlin se dégagea d'un mouvement de hanche et se plaça derrière Higgins.

– Parlez-lui de Guenièvre, inspecteur.

Merlin disparut comme il était apparu, dans un souffle.

– Le misérable ! J'aurais dû l'écraser d'un coup de poing !

– C'eût été un meurtre.

– Lui accorderiez-vous le moindre crédit ? Il ne sait que salir autrui.

– La reine Guenièvre, par exemple.

Lancelot se contracta.

– Tant de bassesse m'écœure... La reine est une femme admirable ; elle est la beauté même. Avec Arthur, elle formait un couple parfait. Personne n'a le droit de les critiquer... Si Arthur est bien mort, Guenièvre se retirera dans un couvent. Jamais elle n'épousera un autre homme. Guenièvre...

En compagnie du superintendant Marlow, la reine se dirigeait vers la chambre de Perceval. Vêtue d'un long manteau bleu de la même couleur que ses yeux, elle semblait inquiète.

– Lancelot... que se passe-t-il ? Merlin m'a annoncé que Perceval avait tenté de se donner la mort !

– C'est la vérité ; par bonheur, je suis intervenu à temps.

– Merlin insinue que...

– Ne me parlez plus de ce gredin ; il a osé vous calomnier et ternir mon blason.

Guenièvre se tourna vers Higgins.

– Lancelot est le fidèle entre les fidèles, inspecteur ; il aurait suivi Arthur dans la mort, s'il avait pu le défendre. Pour lui, seuls comptent l'honneur et la pérennité de la Table ronde.

Lancelot s'inclina devant la reine et lui baisa la main.

– Je suis venue avec le superintendant, indiqua-t-elle,

parce que j'ai découvert un incroyable document dans ma chambre.

– Incroyable est le mot, approuva Scott Marlow.

– Pouvez-vous lire cette lettre ?

– Bien entendu, répondit le superintendant auquel la reine remit un parchemin de belle qualité.

L'homme du Yard s'éclaircit la voix.

Moi, Arthur, me sentant menacé dans mon intégrité, désigne comme successeur mon frère Mordret. Qu'il gouverne la Table ronde à ma place et qu'il épouse Guenièvre pour légitimer son pouvoir.

– C'est un faux ! protesta Lancelot ; jamais le roi Arthur n'aurait écrit de pareilles inepties !

CHAPITRE XXIX

Personne n'avait sonné sixte ; la cloche de la chapelle du château demeurait muette. Higgins et Marlow avaient réuni tous les membres de la Table ronde dans la grande salle du donjon. Perceval, doté d'une formidable énergie, s'y était traîné, soutenu par Lancelot.

Par les baies voûtées en plein cintre, Higgins discerna un ciel serein qui contrastait avec l'atmosphère sinistre régnant dans la vaste pièce où les tentures avaient été tirées. Assise sur son trône, la reine Guenièvre portait une couronne d'argent ; l'encolure en zibeline, aux fermaux d'or, soulignait la pâleur de son visage. Devant elle, le sol était jonché de fleurs.

Perceval, malgré son état de faiblesse, avait refusé un siège ; il préférait s'appuyer sur l'épaule de son ami Lancelot.

Le parchemin à la main, Higgins le présenta à Mordret Stone.

– Que pensez-vous de ce texte ?

– Il me paraît absurde, inspecteur.

– Pourtant, d'après le témoignage général, c'est bien l'écriture du roi Arthur.

– Elle est facile à imiter.

Higgins considéra de près le parchemin.

– Vous avez raison. Et s'il s'agissait d'un document authentique ?

– Mordret et la reine devraient s'incliner, déclara Merlin, qu'ils soient ou non consentants ; telle est la Règle de la Table ronde : la volonté du roi est celle de tous. Qui s'y opposerait serait impie et parjure.

La reine demeura impassible, les mains posées à plat sur les accoudoirs du trône.

– Scotland Yard prouvera aisément qu'il s'agit d'un faux sans aucune valeur, avança Lancelot.

– J'en suis convaincue, déclara la reine d'une voix blanche.

Higgins, mains croisées derrière le dos, fit quelques pas.

– Guenièvre est toujours l'épouse du roi Arthur, dont le corps n'a pas été retrouvé. Il n'est donc pas officiellement mort ; aussi avons-nous un problème plus urgent à résoudre. Perceval Watts, ici présent, s'est accusé du double meurtre du roi Arthur et de Janet Bee. Maintenez-vous vos déclarations, M. Watts ?

Perceval hocha la tête affirmativement.

– Il s'accuse à tort, estima Blancheflore ; qui pourrait admettre qu'il est un criminel ?

– Ça n'a aucun sens ! approuva Mordret, bientôt imité de Viviane.

Merlin garda le silence.

– Explicitez les circonstances de votre acte, demanda Higgins avec la douceur d'un confesseur attentif.

– J'ai commis une terrible erreur, déclara le jeune homme dont la voix restait rauque. C'était une nuit sans lune, voilà un peu plus d'une semaine ; j'avais sonné laudes depuis une bonne demi-heure et ne parvenais pas à me rendormir. De la fenêtre de ma chambre, j'ai aperçu un homme à cheval qui traversait la cour ; j'ai d'abord cru qu'il s'agissait de Lancelot, mais comme il s'est longuement arrêté, je me suis rendu compte que je me trompais. Intrigué, je suis sorti sans bruit ; au moment où je franchissais le seuil, l'homme a rentré son cheval à l'écurie. Un familier des lieux, forcément... puis il est ressorti et s'est dirigé vers le donjon. J'avais sommeil et me sentais épuisé, un peu ivre après un dîner bien arrosé. Mais je ressentis un danger... en titubant, je traversai la cour et suivis cet étrange pèlerin. Il connaissait la voie d'accès à la salle de la Table ronde et s'est engagé dans l'escalier sans être repéré. Quand je suis arrivé à la dernière marche, j'ai aperçu le roi, sur son trône. L'homme que j'avais suivi était bien un chevalier, porteur d'une armure rouge et d'un heaume de même couleur.

– Le chevalier rouge ! s'exclama Lancelot. Il a osé s'introduire ici...

– Qui est-ce ? demanda Marlow.

– Le diable, répondit Merlin.

– Poursuivez, M. Watts, exigea Higgins.

Perceval reprit son souffle avec peine.

– J'ai entendu la voix du roi qui disait : « Je suis au rendez-vous ; qu'as-tu à me dire ? ». Le chevalier rouge n'a pas répondu. Il a empoigné un fer de lance qui pointait à l'extrémité d'un manche brisé. « Écarte-toi, a ordonné Arthur ; tu as perdu la raison. » Affolé, je me suis découvert ; je voulais secourir le roi. Le chevalier rouge s'est tourné vers moi, a placé l'arme dans ma main droite et m'a poussé en direction du roi. Je me suis élancé, comme dans un tournoi, mais sans savoir ce que je faisais.

Perceval baissa la tête, épuisé.

– Ensuite ? demanda Viviane.

– Je ne me souviens de rien. Quand je me suis réveillé, j'avais toujours la lance en main... mais le fer était ensanglanté !

Viviane était blême.

– La lance empoisonnée du centurion Longus ! Voilà l'arme qui a percé le flanc du Christ et tué notre roi !

– Notre domaine est condamné à dépérir, prophétisa Merlin ; bientôt, les arbres se dessécheront, l'herbe disparaîtra et la terre deviendra stérile.

– Seul le sang d'un roi pouvait anéantir le poison, indiqua Lancelot ; Arthur a été sacrifié pour racheter les péchés du monde.

– Perceval a été l'instrument de la vengeance du Seigneur, reprit Merlin ; personne ne peut l'accuser de meurtre. Il a agi en complet état d'innocence et sans chercher à faire le mal.

Le superintendant perdait pied ; lui qui détestait les mystiques et les spiritualités fumeuses était submergé par une vague montant du fond du Moyen Âge.

Higgins se posta devant Perceval et lui parla avec un calme parfait.

– Fouillez bien dans votre mémoire, recommanda-t-il ; pendant votre évanouissement, n'avez-vous rien perçu ?

– Je ne comprends pas.

– Une lumière, un bruit...

– Ah oui ! Un coup de tonnerre, comme si ma tête se déchirait... pourtant, la nuit était calme.

– Et le second meurtre, comment l'avez-vous commis ?

– Je ne sais plus, je ne me souviens de rien... mais c'est forcément moi, puisque j'ai tué le roi ! Un monstre sommeille en mon cœur, et je suis incapable de le contenir.

« Docteur Jekyll et Mister Hyde », pensa le superintendant en sortant nettement du cercle de la Table ronde. Mais qui pouvait croire à de telles sornettes ?

– Qu'avez-vous fait du fer de lance, M. Watts ?

– J'étais terrorisé par mes actes... je l'ai caché sous mon lit.

– Comment expliquez-vous qu'il ait voyagé jusqu'au plafond de la chambre qui me fut attribuée dans le donjon ?

– Je... je suis incapable de l'expliquer.

Scott Marlow reprit pied sur la terre ferme. On parlait enfin d'une chose fort concrète : l'arme du crime. Ou bien Perceval mentait avec un aplomb peu commun, ou bien quelqu'un avait subtilisé le fer de lance afin de le dissimuler dans un endroit inaccessible. Peut-être l'assassin avait-il saboté le plafond afin que l'arme fût retrouvée par Scotland Yard de manière spectaculaire. Dès qu'il en aurait la possibilité, le superintendant la ferait examiner par le laboratoire et bien des mystères seraient dissipés.

– Ce jeune homme n'a plus toute sa tête, dit Mordret Stone ; ne croyez-vous pas qu'il faudrait le laisser en paix ?

– Je dois continuer à le soigner, qu'il soit coupable ou non, décréta Viviane.

Merlin s'avança vers Higgins.

– Votre enquête est-elle terminée, inspecteur ?

– Pas tout à fait, M. Agleton ; il me reste à mettre en pratique une maxime que respectaient ceux qui partaient à la quête du Graal : *Droiture est une vertu si puissante que, par elle, toutes choses sont maintenues en leur juste place, et qu'elle ne change jamais, et qu'elle rend à chacun selon ses mérites. Droiture ne donne à personne par amour, n'ôte à personne par haine, n'épargne ni ami ni parent ; elle s'en va toujours selon la ligne droite dont elle ne dévie point, quoi qu'il advienne.*

CHAPITRE XXX

Marlow et Lancelot raccompagnèrent Perceval jusqu'à sa chambre ; le superintendant tint à assurer lui-même la surveillance du criminel. Lancelot, les nerfs à vif, enfourcha un cheval et partit galoper. Merlin s'assit sur une borne, près du pont-levis, et contempla la nature ; Viviane apporta une tisane au jeune chevalier déchu et s'en alla en direction du lac. Blancheflore s'installa dans son jardin et joua de la harpe aux oiseaux. La reine se retira dans ses appartements. Personne n'eut le cœur à déjeuner.

Après avoir pris de nombreuses notes et attendu que chacun eût choisi sa place, l'ex-inspecteur-chef sortit du château. Né sous le signe du Chat, selon l'astrologie orientale, il possédait le don de se mouvoir sans se faire remarquer. Il s'attendait néanmoins à ce que Merlin, qui avait adopté un excellent poste d'observation, l'aperçût ; mais le vieillard s'était déplacé.

L'ex-inspecteur-chef longea le verger où la jeune et belle Blancheflore, seule, s'adonnait à son art ; l'après-midi d'automne était d'une douceur exceptionnelle. Aucun des soleils de l'été précédent n'avait été aussi chaud ; pas le moindre souffle de vent ne traversait une atmosphère presque trop lourde qui présageait un nouvel orage. Higgins contourna le château où un spectacle ravissant l'attendait.

Quelque peu dévêtue, Viviane nageait dans le lac ; telle une naïade, elle fendait l'onde dans un mouvement si gracieux que tout effort disparaissait. Rapide, légère, elle s'enfonçait sous l'eau et répparaissait dans une gerbe argentée.

Assis au bord du lac, Merlin la regardait, subjugué.

Par correction, Higgins n'osa interrompre ces ébats.

Quand la naïade sortit de l'eau, Merlin lui tendit une serviette avec laquelle elle se sécha.

– Pourquoi es-tu si impitoyable avec moi ?

– Parce que tu es vieux, Merlin.

– Tu vieilliras aussi, Viviane.

– Lorsque je me fanerai, tu seras mort depuis longtemps.

– Ma magie est-elle devenue impuissante ? Naguère, je te séduisais.

– Naguère est déjà loin.

– Tu es trop intelligente pour t'enticher d'un jeune coquin qui t'ennuiera vite.

– La jeunesse n'ennuie jamais ; seule la vieillesse répète ses souvenirs. Pour toi, le monde se ferme ; pour moi, il est encore largement ouvert.

– Tu es cruelle et injuste.

– Ne sont-ce pas les qualités que tu apprécies le plus ?

– Me prendrais-tu pour un monstre ?

– Pourquoi pas ?

– Que devrais-je faire pour te satisfaire ?

– M'obéir au doigt et à l'œil.

Higgins toussota avec cette nécessaire élégance du gentleman qui s'immisce dans une situation où il n'est pas attendu.

Merlin se retourna, étonné.

– Vous étiez là, inspecteur ?

– Depuis fort peu de temps.

Viviane se débarrassa de la serviette qu'elle jeta sur le dos du vieillard et, sans aucune gêne, enfila une tunique rouge qui s'arrêtait à mi-cuisses et se découpait en un profond décolleté.

– Méfiez-vous de Merlin, inspecteur ; il fait parfois semblant de ne pas voir et de ne pas entendre, mais sa vue et son ouïe demeurent excellentes.

– Viviane se moque d'un vieillard, déplora l'interpellé ; je suis obligé de lui pardonner... qui ne serait sensible à son charme ?

– Voilà un discours bien hypocrite, jugea la jeune femme ; Merlin possède beaucoup de connaissances magiques ; mais elles ne lui suffisent plus. Il voudrait me voler les miennes... et cela m'ennuie ! Il est si rusé, si habile qu'il pourrait me dépouiller sans que je m'en aperçoive ; c'est pourquoi je dois être très vigilante.

– Moi, qui suis à vos pieds, geignit Merlin, reprenant le vouvoiement ; vous méfier d'un soupirant est bien inutile.

– Je ne nie pas votre affection, mais vous savez être tout à fait inhumain lorsque la réalité vous résiste. Et moi, je vous résiste !

– Le temps est loin où le seul son de ma voix envoûtait un interlocuteur.

– Ne préféreriez-vous pas les interlocutrices ?

– Je vous suis fidèle, Viviane, même si vous me repoussez.

– Ne vous égarez-vous pas souvent dans le verger où la mignonne Blancheflore joue de la harpe ? On prétend qu'elle ensorcelle celui qui l'écoute.

– Je lui prodigue quelques conseils, comme un père à une fille.

– Un père qui aurait un comportement de chevalier servant... votre jeu ne m'abuse pas, Merlin. À force de courir plusieurs lièvres à la fois, vous perdrez tout.

– Cessons cette querelle, ma mie ; l'inspecteur doit nous trouver ridicules.

– Je ne veux pas d'un vieillard à la peau ridée, à l'allure saine mais au-dedans rongé par la vermine ; je ne supporterai pas sa chair flétrie et m'enfuirai comme une captive. Jamais je ne serai esclave !

Merlin se leva ; comme Viviane était sur le point de s'éloigner, Higgins jugea nécessaire d'intervenir.

– Vous êtes une spécialiste des nœuds magiques, Mlle Carrey.

– Pourquoi le nierais-je ? C'est le meilleur moyen de focaliser l'énergie.

– On a retrouvé l'un de ces nœuds sur le cadavre de Janet Bee.

– Tant mieux pour elle ; elle passera plus aisément dans l'autre monde, si elle n'a pas trop de crimes sur la conscience.

– Est-ce vous qui l'avez déposé ?

– Je ne peux pas vous répondre : si je dis non, vous me soupçonnerez de mensonge ; si je dis oui, vous m'accuserez de meurtre. Dans un cas comme dans l'autre, nos rapports cesseraient d'être courtois... quel dommage !

– Où est caché le Graal, mademoiselle ?

Un instant prise au dépourvu, Viviane se reprit très vite.

– Sous le pont de l'Épée, inspecteur ; ne vous l'avais-je pas dit ?

Higgins ouvrit son carnet noir.

– Je prends note, de peur d'oublier ce détail important.

– J'aimerais me changer ; puis-je m'éclipser ?

– Un instant encore... le Graal est un vase d'une immense valeur.

– Nul ne le conteste.

– Pourquoi ne vous emparez-vous pas de ce trésor ?

– Seule une vierge en serait capable, sans risquer d'être anéantie.

– La magie de Merlin est-elle inopérante pour dissiper cet enchantement ?

– Hélas ! oui, inspecteur.

– C'est donc Blancheflore qui sera l'héritière du Graal.

– Théoriquement, oui... mais je veille !

– Utiliseriez-vous la force, M. Agleton ?

– Certes oui, inspecteur ! Le Graal ne quittera pas ce domaine. Par bonheur, Blancheflore est une écervelée... et peut-être n'est-elle plus pucelle, ce qui mettrait notre trésor à l'abri.

– À bientôt, inspecteur !

Viviane offrit un délicieux sourire à Higgins et courut en direction du château.

Higgins ramassa la serviette de bain.

– Elle est splendide, observa-t-il ; un coton de première qualité brodé au fil d'or. Il serait dommage de l'oublier ; Viviane Carrey semble apprécier les vêtements et la lingerie de prix.

– Je suis fatigué, inspecteur ; un peu de repos m'est indispensable.

Merlin s'éloigna à son tour, prenant soin de marteler le sol avec sa canne.

CHAPITRE XXXI

Mordret Stone coupait du bois dans la grande cour. Avec la régularité du bûcheron entraîné, il abattait sa hache et frappait juste.

– Excellent pour le cœur, estima Higgins.

Le petit homme au front bas s'interrompit, posa la hache et s'essuya d'un revers de main.

– Je suis perplexe, inspecteur ; par moments, je suis persuadé de l'innocence de Perceval. À d'autres, le doute s'insinue. On jurerait une manipulation... tout s'embrouille.

– Rassurez-vous, M. Stone ; le superintendant et moi-même sommes ici pour mettre un peu d'ordre dans ce chaos.

Le frère du roi semblait très embarrassé.

– Il y a une pièce du château que vous ne connaissez pas, inspecteur.

– Auriez-vous l'intention de me la montrer ?

– À la condition que vous ne me considériez pas comme un délateur ; vous risquez d'être désagréablement surpris. Mais je ne peux plus me taire… après ce qui s'est passé, vous devez disposer de tous les éléments.

– Ne reculez pas devant la vérité, M. Stone ; vos hésitations sont inutiles. Demain, ou après-demain, les services spécialisés de Scotland Yard fouilleront l'ensemble des bâtiments. Tôt ou tard, nous aurions découvert cette fameuse pièce. Si nous y allions ?

– À contrecœur, inspecteur.

– Un crime n'est jamais amusant, M. Stone.

Mordret Stone conduisit Higgins au pied d'une petite tour opposée au grand donjon ; il ouvrit une porte basse à l'aide d'une énorme clé en fer. Les gonds grincèrent.

– On ne venait pas souvent ici, expliqua-t-il.

Un couloir voûté aboutissait à une petite pièce aux murs décorés de fresques représentant un homme et une femme qui s'embrassaient dans une prairie, dans un jardin, près d'un étang, au cœur d'une clairière. Des écussons ornés d'un cœur séparaient les scènes ; de grandes inscriptions célébraient le plaisir de la jeunesse.

– Nous appelons cet endroit la « chambre de l'amour courtois ».

– Que s'y passait-il ?

– Les chevaliers sont aussi des hommes, inspecteur.

– Vous compris ?

– Moi compris.

– Et Arthur ?

Mordret hésita.

– Arthur... Arthur est un grand homme.

– Mais un homme, précisa Higgins ; j'espère que votre « est » sera plus juste que « était ». Avec qui Arthur est-il venu ici, sans que son épouse le sache ?

– Votre question est...

– Une simple question qui appelle une simple réponse.

– Viviane prétend qu'elle a séduit Arthur et qu'elle a passé ici de douces heures vouées à la plus complice des affections.

– S'en est-elle vantée auprès de la reine ?

– J'étais présent ; j'aurais volontiers giflé cette maudite fille. Par bonheur, Guenièvre ne l'a pas crue.

– Et vous-même ?

– Pas davantage ; Viviane adore mentir. Je tenais à

vous prévenir avant qu'elle ne vous raconte une fable pour discréditer le roi.

Higgins examina à loisir la « chambre de l'amour courtois » ; il n'y décela aucune trace de mauvais goût.

– Êtes-vous le seul à en posséder la clé ?

– Elle est accrochée à un mur, à côté de la chambre de Perceval ; chacun l'utilise à son gré. Discrétion oblige.

*
**

Dans sa robe de soie jaune, Viviane était splendide ; les épaules nues, les cheveux noirs brillant sous le soleil d'automne, elle chantonnait en faisant le tour du lac où deux cygnes se promenaient.

– Encore vous, inspecteur ! Prendriez-vous goût à cet endroit ?

– Êtes-vous allée en compagnie du roi Arthur dans la chambre de l'amour courtois ?

La question amusa Viviane qui réfléchit à haute voix.

– Guenièvre ou Mordret ? Non, Guenièvre est trop fine... ce doit être Mordret qui vous a parlé.

– A-t-il dit la vérité ?

D'un geste souple, Viviane cueillit une fleur et en mordilla la tige.

– Qui connaissait vraiment le roi Arthur ? Il n'était pas seulement un homme, mais un roi... il aimait s'isoler dans la forêt, récolter du miel, cueillir des champignons et des fruits sauvages ; s'il est mort, il est devenu arbre, vent, torrent, sanglier, étoile, la vague de la mer, le cri de victoire du chevalier... personne ne peut contenir Arthur, l'enfermer dans un carcan.

Un sourire malicieux anima le visage mutin de la jeune femme.

– Ma réponse est-elle satisfaisante ?

– D'une certaine manière.

*
**

Scott Marlow montait la garde avec vaillance.

– Du nouveau, superintendant ?

– Rien d'important, Higgins ; ce pauvre garçon s'est levé pour me raconter une histoire abracadabrante. Je l'ai écouté avec patience et l'ai renvoyé dans sa chambre.

– De quoi s'agissait-il ?

– Le roi Arthur l'a convoqué dans la salle de la Table ronde, il y a un mois environ ; le monarque a soulevé le voile qui masquait le Graal. Perceval, subjugué, s'est agenouillé mais, selon lui, a oublié l'essentiel : poser une question sur la signification de ce rituel. Une fois de plus, m'a-t-il confié, il a raté le coche. Et vous, Higgins ? Avez-vous progressé ?

– Quelques détails instructifs.

– Tout nous ramène sans cesse à ce Perceval, estima Marlow. Une idée m'est venue, bien qu'elle soit un peu illégale.

– Une perquisition ?

– Exactement, Higgins ; mais je n'ai pas de mandat.

– Vous pouvez compter sur ma discrétion, superintendant.

Les deux policiers entrèrent dans la chambre ; Perceval Watts, étendu sur son lit, dormait. Scott Marlow jugea nécessaire de le réveiller avant de procéder à une fouille en règle.

– Je souffre d'un affreux mal de tête, se plaignit-il.

– Nous aimerions examiner cet endroit de fond en comble, déclara le superintendant, sévère.

– Que cherchez-vous ?

– Vous aviez caché ici l'arme du crime ; peut-être d'autres indices subsistent-ils.

– Des indices... mais de quel ordre ?

– Nous donnez-vous l'autorisation de perquisitionner, M. Watts ?

– Pourquoi m'y opposerais-je ? Je n'ai plus rien à cacher.

Le superintendant s'agenouilla et regarda sous le lit ; sa main agrippa une enveloppe marron qu'il exhiba.

– Cette enveloppe vous appartient-elle ?

– Non, je ne l'ai jamais vue.

Scott Marlow ôta le ruban rouge ; il découvrit des poèmes amoureux rédigés par Lancelot à l'intention de Guenièvre et les réponses en vers de la reine. Les signatures ne laissaient aucun doute sur l'identité des auteurs.

– Je répète ma question, M. Watts : cette enveloppe est-elle votre propriété ?

– Non.

– Avez-vous lu ces textes ?

– Non.

Higgins ne découvrit aucun autre indice marquant.

– Vous n'êtes pas seulement un assassin, dit Marlow à Perceval Watts, mais aussi un maître chanteur.

CHAPITRE XXXII

Personne n'avait sonné none, personne ne sonnerait vêpres, la ronde des heures était interrompue et le château de la Table ronde s'enfonçait dans un climat de méfiance et d'inquiétude.

Higgins attendit Lancelot à l'entrée du domaine, près du grand portail que dominait le panneau représentant un chevalier du Graal. Le chevalier s'arrêta à moins d'un mètre de l'ex-inspecteur-chef ; il maîtrisait parfaitement son cheval et tenait à le montrer.

– Vous méditiez, inspecteur ?

– Je vous guettais, M. Heath.

– Par saint Michel ! Pourquoi tant d'honneur ?

– Aimez-vous la poésie ?

– Certes.

– Connaissez-vous le *Sonnet à l'épouse oubliée* de Harriett J.B. Harrenlittlewoodrof ?

L'amour est un oiseau de passage,
Il se glisse sous le vent,
L'amour est passage,
Le vent emporte l'oiseau au loin !

Lancelot mit pied à terre.

– C'est plutôt bien tourné, mais...

– N'êtes-vous pas poète vous-même ?

– Comme tout chevalier, je taquine la Muse.

– Et la reine Guenièvre ?

– Une dame de qualité n'ignore aucun art.

– Je m'en doutais un peu ; imaginez qu'elle ait éprouvé des sentiments ardents pour un chevalier, que ce dernier ait rédigé quelques vers afin de célébrer sa flamme, que sa dame lui ait répondu et qu'ils aient commis l'imprudence de ne pas cacher leurs missives avec assez de soin.

Lancelot serra trop fort les rênes du cheval qui hennit.

– En quoi cette fable me concerne-t-elle ?

– Votre échange de correspondance amoureuse est à présent entre les mains de Scotland Yard.

– C'est... c'est monstrueux ! Vous n'avez pas le droit !

La fureur du chevalier n'était pas feinte ; Higgins sentit qu'il n'hésiterait pas à user de sa force.

– Calmez-vous, Lancelot ; rien ne sert de nier la réalité.

L'athlète aux cheveux longs s'assit à côté de l'ex-inspecteur-chef.

– Vous avez raison... mais ces poèmes ne sont que des poèmes. Oui, j'aime Guenièvre et je ne lui suis pas indifférent, mais ce n'est qu'un sentiment, à la fois tendre et violent, rien de plus.

– Était-ce l'avis du roi Arthur ?

– Vous savez cela aussi... Non, il croyait que nous étions amant et maîtresse. Il m'a convoqué, dans la salle de la Table ronde, prêt à me défier en duel pour que soit rendu le jugement de Dieu. Je lui ai juré qu'il se trompait et que moi, son fidèle ami du premier jour, ne l'avais pas trahi. Il ne pouvait pas me reprocher d'admirer Guenièvre ; qui ne s'éprendrait d'une telle beauté ? Cacher mes sentiments était impossible ; mais j'ai su souffrir en silence et ne pas consommer cet amour interdit afin de ne pas ternir mon blason et celui de mon roi.

– Comment Arthur a-t-il réagi ?

– Il connaissait mon sens de l'honneur et mon respect

de la parole donnée ; nous nous sommes embrassés. J'ai obtenu son pardon et conservé son amitié.

– Qui était au courant, à part lui ?

Lancelot parut gêné.

– Guenièvre et moi croyions que notre secret était bien gardé... mais nous nous trompions. On nous a volé nos poèmes.

– Soupçonnez-vous quelqu'un ?

– Non, inspecteur... je ne peux concevoir un acte aussi vil. Qui vous a remis ces documents ?

– Personne, M. Heath ; mon collègue les a trouvés lors d'une perquisition.

– À quel endroit ?

– Sous le lit de Perceval.

– Perceval ? C'est incroyable !

– C'est pourtant ainsi. A-t-il tenté de vous faire chanter ?

– Bien sûr que non ! Perceval est un cœur pur, un être droit, un...

– Un assassin, précisa Higgins, d'après ses aveux.

– Je n'y crois pas. Il est victime d'une machination ; c'est lui qu'on a choisi, parce qu'on le savait incapable de se défendre. Une voleuse comme...

Lancelot s'interrompit.

– Vous en avez trop dit.

– C'est indigne de moi ; je n'ai pas le droit de porter des accusations à la légère.

– Je ferai le tri, indiqua Higgins, bonhomme ; Janet Bee a été assassinée, le roi Arthur a disparu... ne croyez-vous pas que toutes les pistes sont bonnes à suivre ?

– Viviane prétend que Blancheflore a volé le Graal et qu'elle est prête à tout pour le garder.

– Viviane ne prétend-elle pas n'importe quoi ?

– Elle est jalouse de la jeunesse de Blancheflore, c'est vrai ; mais si c'est une voleuse, n'aurait-elle pas dérobé nos poèmes d'amour ?

– Vous déteste-t-elle à ce point ?

Le chevalier hésita.

– Je n'en suis pas sûr.

– N'a-t-elle pas cherché à vous conquérir ?

– Je n'ai d'yeux que pour Guenièvre, inspecteur ; les autres femmes me paraissent fades et sans âme.

– Si Arthur est mort, Guenièvre est veuve ; vous êtes libres, vous et elle. Ne connaîtrez-vous pas enfin le bonheur auquel vous aspirez ?

Lancelot se leva et reprit les rênes de son cheval.

– Je n'ai pas le droit d'offenser la mémoire du roi Arthur : Guenièvre lui a été fidèle sa vie durant, elle le sera dans la mort. Trahir mon roi me condamnerait à la damnation. La reine a pris sa décision, moi aussi ; pour nous, la règle d'honneur et le respect de la Table ronde sont plus forts que tout.

Lancelot remonta à cheval et rentra au château.

CHAPITRE XXXIII

Le soleil d'automne descendait sur l'horizon ; la forêt commençait à se teinter de roux. Les eaux du lac s'argentaient, sous les premières lueurs du couchant. Le château de la Table ronde se parait d'un gris métallique qui le rendait menaçant comme une arme dressée contre les ténèbres. Les formes s'estompaient, en cette heure du loup que nulle sonnerie de cloche ne salua.

Higgins monta jusqu'à la chambre de la reine ; Mordret, qui entretenait le feu dans la cheminée de la grande salle du donjon, lui avait indiqué que la souveraine ne comptait pas se joindre à eux pour le souper.

Guenièvre était assise à une table et écrivait, un manteau d'hermine sur les épaules.

– Où est mon mari, inspecteur ?

– Je ne dispose d'aucune piste.

Des larmes emplirent les yeux bleus.

– Ramenez-le, je vous en supplie !

– Je ne peux entretenir de faux espoirs.

– Mais vous n'avez pas retrouvé son cadavre...

– L'assassin mise sur cet atout qu'il juge décisif.

– L'avez-vous identifié, inspecteur ?

– Il ne m'échappera pas, soyez sans crainte. Comptez-vous épouser le frère de votre mari ?

La reine sembla résignée.

– Si telle est la volonté d'Arthur...

– Il s'agit probablement d'un faux, madame.
– Je ne sais plus, inspecteur. Sa volonté, comme la mienne, était de préserver la Table ronde, quelles que fussent les épreuves. Dieu m'est témoin que je n'aime pas Mordret ! Mais Arthur pouvait-il choisir un autre successeur, capable de gérer ce domaine ? La Table ronde... c'est elle qu'il faut sauver, pas moi.
– N'êtes-vous pas éprise de Lancelot ?
La reine leva des yeux tristes vers Higgins.
– N'est-ce pas Merlin, ce vieillard ruiné et aigri, qui a tenté de salir mon nom et celui du chevalier ?
– Vos poèmes d'amour ont été retrouvés sous le lit de Perceval.
– Le malheureux... encore une preuve contre lui.
– Vous ne croyez donc pas à sa culpabilité.
– Regardez-le, inspecteur ; a-t-il le visage d'un assassin ?
– Je ne me fie jamais à la mine des gens ; la beauté correspond rarement à la pureté de l'âme.
– Êtes-vous si pessimiste ?
– Réaliste. Les roses et les chats ne m'ont jamais déçu ni abusé ; ils sont eux-mêmes, en parfaite harmonie avec leur nature et ignorent le mensonge. Ce qui est ennuyeux, avec l'être humain, c'est qu'il trahit sans cesse son génie d'origine ; au lieu de préserver la vie, il invente mille moyens de la détruire. Dans ma modeste fonction, je lutte contre ce mal endémique en rétablissant un peu de vérité dans un monde qui la fuit comme la peste.
– Vous devez juger bien sévèrement notre Table ronde.
– Détrompez-vous : l'entreprise est généreuse et son idéal respectable.
– Mais le roi Arthur a été assassiné...
– Pouvait-il en être autrement ?
Le regard de Guenièvre chavira.
– Je ne comprends pas, inspecteur.
– Nous ne sommes plus au Moyen Âge, madame ; si

un homme se lève pour défendre les idées auxquelles vous croyez, il s'attire de cruels ennemis, décidés à l'abattre de n'importe quelle manière.

– Pourquoi en est-il ainsi ?

– La mécanique du moment ; la hiérarchie des valeurs est inversée, et la planète doit subir la loi des assassins, des voleurs et des menteurs.

– Cela changera.

– Qui peut l'affirmer ?

– Vous-même, inspecteur, avez-vous des ennemis ?

Higgins songea à Mary qui, sous son propre toit, ouvrait la fenêtre à la décadence.

– Un certain nombre d'assassins ne me portent pas dans leur cœur ; pour le reste, je me suis retiré à la campagne et ne fréquente plus que des amis irréprochables, ce qui restreint considérablement le cercle de mes relations.

– Pourquoi... pourquoi ne resteriez-vous pas ici ? questionna la reine d'une voix émue.

À l'aide du lissoir de nacre que lui avait offert une vieille dame à l'issue d'une enquête, Higgins lissa les poils de sa moustache poivre et sel.

– Trafalgar, le chat siamois chez lequel j'habite, supporterait mal une trop longue absence. Il suit un régime assez complexe qui exige un doigté certain.

– Comme il doit être heureux d'avoir un compagnon de votre qualité.

– Trafalgar manifeste assez peu ses sentiments ; il est anglais et félin. Mais je dois reconnaître qu'il ronronne volontiers au coin du feu, après les repas. Il me faut admettre, madame, que vous possédez une étrange qualité.

Guenièvre fut intriguée.

– Laquelle, inspecteur ?

– Celle de m'arracher des confidences.

– Est-ce si difficile ?

– D'ordinaire, oui ; je n'ai pas l'habitude de me raconter.

La reine sourit avec cette grâce inimitable des femmes au cœur épanoui.

– Vous avez donc confiance en moi.

– Ce serait une faute professionnelle impardonnable.

– Parce que je pourrais être une criminelle ?

– Vous avancez vous-même l'hypothèse.

Guenièvre posa la main droite sur la lettre qu'elle rédigeait.

– J'écrivais à Arthur pour lui demander conseil... quand deux êtres se sont aimés, je suis persuadée qu'ils communiquent au-delà de la mort physique. Sans lui, je ne suis plus rien. Vous ne pouvez imaginer la force et le courage d'Arthur, inspecteur ; il aurait vaincu une armée de tourments et de malheurs. Aucun échec ne l'abattait. Même Mordret, avec tout son dévouement à la Table ronde, ne pourra le remplacer.

– Une épopée chevaleresque prétend que la puissance continue à vivre, même lorsque les puissants sont morts ; l'esprit d'Arthur n'est-il pas immortel ?

Guenièvre se leva et s'approcha de Higgins.

– Je regrette que vous n'ayez pas connu le roi.

– Moi aussi, je regrette de n'avoir pas connu l'homme auquel vous avez uni votre existence.

– Vengez-le, je vous en supplie !

– « Patience est semblable à l'émeraude qui reste toujours verte, chantait le trouvère ; car la patience ne sera jamais si fortement teintée qu'elle puisse être vaincue ; elle est toujours verdoyante et forte ; on ne peut mieux vaincre l'Ennemi que par la patience. » Or, madame, je suis très patient.

– Si vous étiez chevalier, M. Higgins, je vous confierais mes couleurs.

– Malheureusement, je ne suis qu'un inspecteur de Scotland Yard chargé d'une enquête criminelle dans laquelle vous êtes impliquée.

– La vie est trop cruelle.

– Nous n'en sommes pas maîtres, et cela vaut sans doute mieux.

CHAPITRE XXXIV

Higgins offrit à Marlow une coupe remplie de vin vieux au bouquet léger.

– Ce breuvage vous mettra en appétit.

– Je suis déçu, Higgins.

– Pourquoi donc ?

– J'espérais que Perceval prolongerait ses aveux et qu'il donnerait des détails sur le meurtre de Janet Bee. Au lieu de cela, il s'est rétracté.

– Revient-il sur ses déclarations ?

– Oui et non... tantôt il clame son innocence, tantôt il répète la scène du crime en s'accusant de tous les péchés du monde.

– Varie-t-il dans ses relations des faits ?

– Pas du tout. Higgins...

– Oui, superintendant ?

– La situation ne peut s'éterniser. Nous avons un cadavre dans une chapelle, un disparu à faire rechercher et un criminel qui est passé aux aveux. Plus les heures passent, plus nous sommes dans l'illégalité.

– J'en suis conscient.

– Demain matin, je me rends à la ville la plus proche et je mets le Yard en action.

– À votre place, j'agirais de la même façon.

Marlow connaissait Higgins depuis bien des années ; à

son attitude et à son ton de voix, il comprit qu'il y avait anguille sous roche.

– Que comptez-vous entreprendre cette nuit ?

Le superintendant redoutait que son collègue ne se livrât à quelque action que la morale policière réprouvait. Higgins n'eut pas le temps de répondre ; Mordret, très agité, les interrompit.

– Lancelot est devenu fou ! Venez vite, messieurs ; il veut tuer Viviane.

Scott Marlow bondit. Par malheur, il avait oublié son arme de service ; s'il fallait se battre à mains nues, il le ferait.

L'épée nue, l'athlétique chevalier acculait la jeune femme au mur du donjon.

– Tu mérites une mort infâmante, diablesse !

– La vérité te gêne, Lancelot.

– Seul le mensonge sort de ta bouche... et seul le silence du trépas te fera taire.

– Ose transpercer une femme de ton arme ! Quel bel exploit, pour un chevalier de la Table ronde !

Lancelot hésita ; Scott Marlow s'interposa, protégeant Viviane de son corps.

Le regard du chevalier vacilla.

– Cette fille mérite d'être exécutée.

– Pour quelle raison ? demanda Higgins.

– Elle accuse Guenièvre d'avoir assassiné Arthur.

Viviane semblait amusée.

– Le beau Lancelot a des hallucinations auditives ; au seul nom de Guenièvre, il est entré dans une violente fureur, comme si personne d'autre que lui n'avait le droit de le prononcer.

– Elle ment sur ses mensonges ! Voilà dix minutes à peine, elle m'a affirmé qu'elle détenait la preuve que la reine était coupable !

Viviane leva les yeux au ciel.

– Notre brave Lancelot délire ! Sa conscience agitée lui dicterait-elle de mauvaises pensées ?

Le chevalier leva l'épée.

– Il suffit, décréta Higgins ; la violence ne résoudra rien.

Merlin, arrivé en catimini, frappa le sol de sa canne.

– Nos lois sont simples, rappela-t-il ; si la reine est soupçonnée, qu'elle passe en jugement.

– Je refuse, dit Mordret ; Guenièvre est innocente.

– Viviane maintient-elle ses accusations ? demanda Merlin.

– Quelles accusations ? C'est à Lancelot qu'il faut vous adresser... lui seul a désigné la reine comme responsable du malheur qui nous frappe.

– Voilà trop de troubles, déclara Higgins ; ce soir, à l'heure de complies, nous nous réunirons dans la salle de la Table ronde et nous tenterons de découvrir la vérité.

– Parfait, estima Lancelot ; je vêtirai mes habits de cérémonie.

– Des profanes seront parmi nous, rappela Merlin.

– Un assassin est parmi nous, précisa Higgins.

*
**

La nuit était tombée sur le domaine ; après un souper léger et silencieux, chacun s'était retiré, afin de se préparer pour la confrontation annoncée par Higgins.

L'ex-inspecteur-chef et le superintendant étaient restés seuls ; Marlow goûtait les vertus digestives d'une liqueur jaune à base de verveine.

– Le crime est vraiment une abomination, Higgins ; ces lieux étaient si tranquilles, si accueillants... le coupable mérite la corde.

– Son destin sera pis encore.

– Quel châtiment serait plus terrible ?

– La damnation.

Marlow ne croyait plus à ces antiques malédictions ; il préférait un tribunal, des juges, un jury sévère et un verdict sans complaisance.

– Votre intime conviction est-elle établie ?

– Depuis longtemps, mon cher Marlow.

– Est-elle étayée par des preuves ?

– Ne m'en demandez pas trop. D'une part, je peux me tromper ; d'autre part, le cadavre du roi Arthur est absent.

– Autrement dit, vous n'êtes pas sûr de vous.

– Identifier un assassin est une partie d'échecs ; il ne faut pas négliger l'adversaire. Si sa stratégie est meilleure que la mienne, il gagnera.

« Une fois de plus, pensa Marlow, Higgins va s'engager sur un terrain glissant sans arguments décisifs, en se fondant sur sa trop fameuse intuition. »

– Je dispose d'un allié tout à fait inattendu, précisa l'ex-inspecteur-chef ; grâce à lui, nous devrions réussir.

Scott Marlow se dispensa de demander à son collègue l'identité du mystérieux personnage ; Higgins avait la détestable manie de garder pour lui certaines informations. Combien de fois ses supérieurs le lui avaient-ils reproché ?

– Je fais une rapide promenade, mon cher Marlow ; et nous nous retrouvons dans la salle de la Table ronde.

*
**

Curieuse affaire, en vérité, au cours de laquelle un assassin diabolique avait pourtant accumulé des erreurs, sinon grossières, du moins voyantes... Higgins n'aurait guère de peine à parcourir une partie du chemin, mais la scène finale était loin d'être jouée.

Il descendit au verger, afin d'admirer une roseraie qu'il

ne reverrait jamais ; demain, quelle que soit l'issue du duel, il reprendrait la route de *The Slaughterers* où Trafalgar l'attendait. S'il échouait, ce serait à l'armada technique de Scotland Yard d'essayer de prendre l'assassin en défaut.

– Mes roses vous séduiraient-elles, inspecteur ?

Assise sur un banc, dans la pénombre, Blancheflore Purcell avait couvert ses épaules d'un châle de laine.

– La soirée est si douce... qui songerait à la mort ?

– Soyez certaine que je suis le premier à le regretter.

– Et si tout cela n'était qu'un mauvais rêve ? Si vous partiez sans accuser personne, en oubliant les drames ?

– Le songe d'une nuit d'automne... hélas ! mademoiselle, il s'est transformé en cauchemar. Je ne peux le laisser tapi dans les ténèbres ; sinon, demain, il vous dévorera tous.

– Vous irez donc jusqu'au bout, inspecteur.

– C'est dans ma nature, mademoiselle.

CHAPITRE XXXV

Marlow marchait en tête de la procession ; comme les membres de la confrérie, il portait une robe écarlate, serrée à la taille par une large ceinture. Derrière lui, Blancheflore, la bouche vermeille et les cheveux couronnés de fleurs ; elle portait un plat d'or recouvert d'un voile qui symbolisait le Graal. La reine venait en dernier ; hyacinthe et rubis de son collier brillaient dans la nuit.

La procession descendit lentement l'escalier qui menait à la salle de la Table ronde ; Lancelot alluma quatre torches qui dispensèrent une lumière douce éclairant à peine les visages.

Le siège d'Arthur demeura vide, de même que le siège périlleux, à sa droite. À gauche du trône du souverain absent, Guenièvre prit place. À côté de la reine, Mordret, puis Perceval ; à droite du siège périlleux, Lancelot, puis Merlin. Viviane reçut, de la souveraine, l'autorisation exceptionnelle de s'asseoir à droite du vieillard, et Blancheflore à gauche de Perceval. Au centre de la table en granit rose, un candélabre d'or.

Marlow se tint au bas de l'escalier afin de barrer le passage à un éventuel fuyard.

Higgins, après que les participants à la confrontation eurent pris place, commença à décrire lentement un cercle en passant derrière les sièges à haut dossier.

– Cette table qui tournoie comme l'autre monde est

l'unique autorité qui a nommé Arthur roi, déclara la reine ; je vous demande d'être sincères et de servir la cause de la vérité. Si le roi est mort assassiné, que le coupable soit identifié et châtié.

Higgins laissa passer un long silence.

– La personnalité du roi Arthur, dit-il, est des plus claires ; il s'est engagé dans cette aventure avec la ferme volonté de ressusciter une Table ronde autour de laquelle chacun trouverait sa plénitude. C'étaient bien la hardiesse et l'espoir qui habitaient son cœur. Sans aucun doute, il a été assassiné ; mais ce crime n'aurait-il pas été parfait s'il n'avait été lié à celui de Janet Bee ? La disparition tragique de cette jeune femme a provoqué ici la venue de Scotland Yard, et c'est en suivant une piste que nous en avons croisé une autre. Le nœud de l'affaire était donc : l'assassin du roi Arthur et de Janet Bee est-il le même ?

L'ex-inspecteur-chef ne s'attendait pas à une réponse ; il sentit la tension monter. Perceval, les poings serrés sur le rebord de la table, semblait particulièrement mal à l'aise.

– L'assassinat de Janet Bee, reprit Higgins, a été présenté comme un crime rituel : croix sanglante sur le front, nœud magique sur le cœur, soufre... tout laisse à penser qu'une profane a violé le secret d'une chapelle arthurienne et que le ciel l'a punie de la manière la plus atroce. Quant à la disparition du roi, elle condamne le domaine à dépérir et à devenir une terre stérile jusqu'à ce que le flambeau soit repris.

– C'est pourquoi il faut identifier l'assassin, déclara Lancelot ; quand le jugement sera rendu, nous serons libérés du maléfice.

Higgins s'arrêta derrière Perceval. Le jeune chevalier rentra sa tête carrée dans les épaules ; ses oreilles rougirent.

– Nous avons un coupable tout désigné, rappela l'ex-inspecteur-chef ; ne menait-il pas une existence médiocre, déçu de ne trouver aucune grande aventure où libérer son énergie ? Compagnon favori d'Arthur lors des chasses, c'est sans doute lui qui est parti avec le souverain lors de son ultime randonnée. C'est lui, aussi, qui conduisit le superintendant et moi-même à la chapelle où nous découvrîmes le cadavre de Janet Bee ; ne souhaitait-il pas être le premier sur les lieux afin de dissimuler un indice ?

– Non, inspecteur, je vous jure que non ! Et ce n'est pas moi qui accompagnais le roi... sinon, je l'aurais défendu de toutes mes forces !

– Vous avez pourtant utilisé le fer de lance empoisonné et tenté de vous supprimer, tant le remords vous torturait.

– C'est vrai, mais je perds la tête... je ne comprends plus ce qui m'arrive !

Higgins consulta une page importante du carnet noir.

– C'est dans votre chambre que furent retrouvées des lettres confidentielles, M. Watts... ne seriez-vous pas un maître chanteur doublé d'un assassin ?

Le jeune homme se leva, très raide.

– Devant Dieu et devant vous, je jure que je suis innocent des crimes dont on m'accuse !

La voix du chevalier tremblait d'émotion ; mais Higgins avait entendu tant de faux serments, formulés sur tous les tons, que cette belle déclaration ne pouvait influencer son jugement.

Il tourna néanmoins la page.

– Vous n'êtes pas un homme rusé, M. Watts, et vos facultés de perception sont souvent insuffisantes ; la cruelle Viviane n'a-t-elle pas indiqué que vous étiez incapable de vous débrouiller seul ? Blancheflore espère que vos ressources insoupçonnées se révèleront un jour. Mais pourquoi auriez-vous tué Arthur ?

– Je ne voulais pas !

– Lancelot Heath, dont la lucidité n'est pas le point fort, vous voyait comme successeur du roi.

Les grandes oreilles de Perceval se dressèrent ; une intense stupéfaction habita son regard.

– Lancelot est mon ami... mais cette idée-là est complètement insensée !

– C'est également mon avis ; je crois que, selon les paroles d'Arthur, vous êtes un être simple, sans calcul, qui consacre son existence à la quête du Graal.

– Il a tout de même avoué son crime, rappela Viviane.

– Nous y reviendrons.

Higgins abandonna le jeune chevalier et n'eut que quelques pas à faire pour se placer derrière le siège qu'occupait Blancheflore Purcell.

– Votre cas est fort intéressant, mademoiselle.

– Je vous remercie, inspecteur.

– Il n'est jamais facile de distinguer la ruse de la naïveté ; bien qu'informée de la mort horrible de Janet Bee, vous n'y fîtes même pas allusion, comme si ce drame ne vous avait pas frappée. Votre seul centre d'intérêt, c'était le verger. La reine porte un jugement sévère sur votre compte ; loin d'être une candide jeune fille, vous sacrifiez votre printemps afin d'occuper plus tard une position prééminente.

– Qui m'en blâmerait ? N'est-ce pas une ambition légitime ?

– Viviane estime que l'on aurait dû vous expulser en raison de vos écarts de conduite ; n'avez-vous pas tenté de séduire l'ensemble des chevaliers, et plus particulièrement Perceval ?

Le visage de la jeune fille devint grave.

– Oui, j'aime Perceval ; sans doute ne l'a-t-il pas encore compris. Voici l'occasion de parler franc ; j'ai de l'estime pour lui et la certitude que nous pourrons être heureux.

Perceval Watts, abasourdi, se tourna vers Blancheflore.

– Mon Dieu... qu'est-ce qui m'arrive...

– Tous mes vœux de bonheur, dit Higgins ; avant de

vous laisser convoler en justes noces, il faut éclaircir quelques points.

– De quoi m'accusez-vous, inspecteur ? demanda Blancheflore, soudain inquiète.

– Avez-vous truqué le tirage à la courte paille pour éviter que Perceval prenne part au tournoi ?

– Oui. Je déteste ces exploits guerriers. Il aurait pu se blesser.

– Êtes-vous la maîtresse de Merlin ?

– Non, inspecteur.

– Vous n'aimiez guère le roi Arthur.

– Il était trop grand, trop absolu... je désire un bonheur plus simple.

– Vous rendez-vous compte que votre jeunesse porte ombrage à Viviane ?

– Je m'en moque.

– Un grave soupçon pèse sur vous, mademoiselle.

– Je la défendrai ! affirma Perceval.

– Seule une pucelle peut voler le Graal, rappela Higgins, et le Graal, qui devrait se trouver dans cette salle, a disparu ; le roi ne l'a pas montré, comme à son habitude, lors de la dernière réunion de la Table ronde qu'il a présidée. Si vous l'avez volé, mademoiselle, et si le roi Arthur vous a identifiée, vous possédiez un mobile excellent pour le supprimer.

– Votre raisonnement serait infaillible, inspecteur, s'il ne reposait sur une inexactitude.

– Laquelle, mademoiselle ?

– Je ne suis plus pucelle.

CHAPITRE XXXVI

La situation était fort gênante, mais Higgins dut poser la question qui s'imposait.

– Bien entendu, vous disposez d'un témoignage concordant.

– Celui de Perceval, répondit-elle en souriant ; Merlin m'a vue sortir de sa chambre.

Le vieillard ne nia pas.

– Eh bien, vous voilà innocentée, conclut Higgins.

– Dieu est juste ! s'exclama Perceval, qui tendit le bras pour saisir la main de Blancheflore.

– Un peu de tenue, exigea la reine. Nous sommes à la Table ronde.

Vexé, le jeune chevalier se rencogna ; Blancheflore adopta un strict maintien.

Higgins passa de Blancheflore à Viviane, splendide dans sa robe de cérémonie.

– Par tous les saints du paradis, inspecteur, compterais-je au nombre des suspects ?

– Lorsque nous nous sommes rencontrés pour la première fois, vous n'avez fait aucune allusion au roi Arthur, comme si sa disparition ne vous affectait pas.

– Interprétation abusive... je respectais une règle de discrétion envers un étranger.

– Vous avez tenté de nous dissuader, le superintendant Marlow et moi, d'entrer au château.

– Quoi de plus naturel ? Je voulais protéger notre petite communauté.

– Ne désiriez-vous pas surtout que l'assassinat du roi Arthur demeurât sous le boisseau ?

– Vous me prêtez de bien noirs desseins, inspecteur.

– Tout le monde vous craint ; on sait que vous êtes une magicienne et que vous jouez avec les êtres comme s'ils étaient des pantins. Vous suivez votre chemin, vous imposez votre pensée et personne ne parvient à vous soumettre.

– Ne décrivez-vous pas la femme éternelle ?

– Mes compétences en la matière sont trop limitées ; je me demandais si votre connaissance des simples ne faisait pas de vous l'empoisonneuse idéale qui aurait mis fin aux jours du roi et de Janet Bee.

– Que d'honneurs ! Je me contente de guérir et de soigner... qui cultive les simples et perce leurs secrets n'a certes pas pour vocation d'empoisonner.

– Le monde est parfois bizarre... la reine ne vous aime pas beaucoup.

– Je n'ai pas plus de chance que Blancheflore... peut-être Guenièvre déteste-t-elle les autres femmes parce qu'elle les considère comme des rivales ?

– Vos médisances sont inutiles, déclara la reine avec sérénité.

– N'êtes-vous pas un danger pour la Table ronde ? suggéra Higgins d'une voix douce.

Viviane rejeta en arrière sa longue chevelure noire.

– On le dit... beaucoup aimeraient me voir partir.

– Vos calomnies et vos provocations engendrent bien des discordes.

– Seuls les êtres faibles deviennent mes esclaves, observa Viviane ; les autres sont ravis de lutter avec moi.

– Blancheflore estime que vous souhaitez une Table ronde à votre mesure, régie selon vos goûts ; elle pense aussi que vous êtes capable de tuer et que, si vous n'avez pas agi vous-même, vous connaissez les meurtriers.

– L'imagination d'une ancienne pucelle est toujours vive ; un inspecteur de votre classe oserait-il accuser à la légère ?

– Qui aimez-vous, madame ?

Le sourire moqueur de Viviane se figea.

– Cela ne regarde que moi.

– Lancelot m'a éclairé sur ce point : vous n'aimez que vous-même.

Elle haussa les épaules.

– Est-ce si important pour découvrir la vérité ?

– Très important.

Marlow crut que son collègue allait formuler un argument décisif ; mais il abandonna Viviane et s'arrêta derrière Merlin.

– Quel homme étrange vous êtes, M. Agleton ! Ces apparitions et disparitions soudaines en surprendraient plus d'un.

– Je ne suis qu'un vieillard à l'esprit affaibli ; ceux qui m'attribuent des pouvoirs se trompent.

– C'est vous qui m'avez informé de la disparition du roi Arthur.

– Quelle tragique nouvelle !

– Et quelle excellente manière de se dédouaner.

Les mains de Merlin se crispèrent sur sa canne.

– Cette remarque est désobligeante.

– Vous possédez un grand savoir concernant la Table ronde ; Viviane aimerait se l'approprier, ainsi que votre expérience. Elle est prudente, cependant, car elle vous craint encore. Selon ses propres paroles, vous pouvez être « totalement inhumain ».

– Facilité de langage d'une jeune femme en colère !

– La reine m'a confié que vous aviez beaucoup changé, ces derniers temps ; elle ne reconnaissait plus le vieux sage, le conseiller désintéressé, proche du roi Arthur, son ami intègre et fidèle. Mais le roi n'a pas écouté son épouse ; il continuait à vous faire confiance.

Lancelot fut plus radical : fourbe et comploteur, voilà votre portrait.

– Vous l'avez dit vous-même, inspecteur ; Lancelot n'est pas lucide.

– Et Perceval ? C'est un cœur simple et un esprit droit. Or, il vous redoute ; se tenir à l'écart de vos manœuvres et de vos complots est sa règle de conduite.

– Comment un vieillard...

– Vous n'êtes pas si âgé, M. Agleton, et vous vous déplacez de manière fort aisée, avec un dynamisme que des hommes mûrs pourraient vous envier. En vous, les feux de la passion ne sont pas éteints, ni ceux de l'ambition, même si votre âme est celle d'un second et non d'un chef. « Comédien, illusionniste, inventif, teigneux » : ces qualificatifs ne vous dépeignent-ils pas de manière exacte ?

– Je suis un être inoffensif qui n'aspire qu'à une retraite paisible... j'aime regarder les jolies femmes comme j'admire les fleurs ; est-ce un péché ?

– Vous croyiez aimer Arthur et vous avez découvert que vous le haïssiez.

Furieux, le vieillard frappa le dallage de sa canne.

– Prouvez-le, inspecteur !

– Encore quelques instants, M. Agleton.

Higgins poursuivit sa ronde et passa de Merlin à Lancelot.

CHAPITRE XXXVII

Le chevalier était éblouissant ; sa magnifique chevelure, son front altier, son visage racé et le port de l'habit rituel lui donnaient une allure princière. À l'exception de Guenièvre, il dominait, splendide, les autres membres de la Table ronde.

Higgins consulta son carnet.

– J'ai entendu beaucoup d'éloges à votre sujet, M. Heath ; fidèle entre les fidèles, vous auriez suivi Arthur dans la mort si vous aviez été à ses côtés. Seuls l'honneur et la Table ronde comptent pour vous. Perceval vous définit comme le meilleur serviteur du roi, Blancheflore tombe presque en pâmoison devant votre force et votre prestance.

Lancelot Heath demeura impassible.

– Il existe cependant des ombres au tableau ; vous êtes imprudent, trop sensible et n'avez pas conscience de la valeur de vos ennemis. D'après Viviane, vous avez laissé passer votre chance ; quant à Merlin, il vous a menacé de révéler les dessous d'une affaire douteuse à laquelle vous seriez mêlé.

– Rien n'est obscur dans ma conduite, affirma Lancelot de sa voix grave.

– Difficile de vous croire, estima Higgins ; vous qui vous présentez comme le plus parfait soutien d'Arthur, n'êtes-vous pas l'amant de son épouse ?

– Non ! hurla Lancelot. C'est une calomnie ! Je suis sincère et je respecte la parole que j'ai donnée, même si elle me déchire le cœur. Quiconque suspectera ma franchise m'insultera et me rendra raison, l'épée nue.

La colère du chevalier était terrible ; personne n'osa le défier.

– D'après Viviane, continua Higgins, vous êtes le seul guerrier capable de vaincre Arthur en combat singulier.

Lancelot fit la moue.

– Supposons que le roi, informé de l'infidélité de son épouse, n'ait pas supporté cet affront et vous ait provoqué en duel ; ni lui ni vous n'avez prévenu quiconque. Vous êtes partis dans la forêt et avez entamé un combat à mort. Vous en êtes sorti vainqueur et avez enterré le cadavre d'Arthur.

Lancelot sembla abasourdi.

– C'est complètement faux ! Si un tel duel avait eu lieu, il se serait déroulé aux yeux de tous ! Ni l'honneur ni l'infamie ne doivent se terrer dans les ténèbres ; qu'ils soient exposés en pleine lumière afin que Dieu rende son jugement !

Higgins opina du chef ; Marlow, lui aussi, estima l'argument décisif.

– Malheureusement, rappela l'ex-inspecteur-chef, vous vous êtes querellé avec le roi Arthur à cause de votre amitié trop prononcée avec la reine Guenièvre.

– Je le confirme.

– N'en êtes-vous pas venus aux mains ?

– Le roi avait trop de grandeur et moi trop de respect pour nous comporter de la sorte. Nous fûmes l'un et l'autre très affligés, mais je parvins à lui prouver que je n'étais coupable que d'une tendre admiration envers la reine. Nous n'avons commis aucune faute grave. Le roi l'a admis et m'a accordé son pardon. La paix rétablie entre nous fut la dernière joie qu'il m'offrit ; je jure de pourfendre de mon épée l'assassin du roi Arthur !

– Ce serait un crime, indiqua Higgins ; le superintendant ne vous permettra pas d'agir ainsi.

– Je le regrette ; voilà la preuve que cette époque misérable n'est pas digne du Moyen Âge.

Marlow faillit acquiescer ; il se reprit à temps, se reprochant d'être trop sensible à l'atmosphère qui régnait dans cette salle austère et magnifique.

– Vous connaissez bien la forêt, M. Heath.

– Je la parcours en tous sens, inspecteur.

– Êtes-vous bien certain de ne pas y avoir rencontré Janet Bee ?

Lancelot se leva, digne et imposant.

– Sur mon honneur de chevalier, je le jure.

Le superintendant, impressionné, aurait donné à Lancelot le bon Dieu sans confession ; Higgins ne lui porta pas la contradiction, puisqu'il délaissa le chevalier, passa derrière le siège périlleux et s'adossa à celui du roi Arthur, de manière à regarder le profil de la reine Guenièvre.

La beauté de Guenièvre atteignait son zénith ; elle semblait sortie d'une miniature du XIIIe siècle. Sa parure soulignait la perfection sereine de son visage sur lequel le temps n'avait pas de prise.

– Me voici donc accusée à mon tour, inspecteur ?

– Une enquête criminelle ne peut être partiale et incomplète.

– Faites donc votre devoir ; je n'ai rien à craindre.

– La plus grave des accusations a été portée contre vous par Viviane.

– Simple ragot, objecta cette dernière ; comment pourrais-je imaginer qu'une aussi grande dame ait assassiné son mari ? Puisqu'il n'existe aucune liaison entre elle et Lancelot, elle n'a plus de mobile.

Le regard de la reine ne vacilla pas.

– Blancheflore vous juge fort sévère pour autrui, reprit

Higgins ; lorsque Viviane et vous vous êtes affrontées brutalement, c'est votre fidélité qui était en cause.

– Je ne pouvais me taire, déclara Viviane ; qui admettrait une telle trahison de la part de la souveraine de la Table ronde ?

– Taisez-vous, exigea Lancelot ; vos mensonges sont odieux.

– Mensonges, dites-vous ? Et si la reine n'était qu'une comédienne, feignant d'aimer Arthur afin de conserver le pouvoir qu'elle détient seule, aujourd'hui ? Il n'est pas immoral de se poser une vieille question : à qui profite le crime ?

Guenièvre pâlit, mais garda son calme.

– J'ai demandé à Scotland Yard de retrouver mon mari et c'est moi qui ai prié l'inspecteur Higgins et le superintendant Marlow de résider au château afin de faire toute la lumière sur ce drame.

– Belle manière de s'innocenter soi-même, ironisa Viviane.

– Pourquoi tant de haine et d'injustice ? Vous savez bien que je n'ai pas coutume de reculer devant mes responsabilités.

Lancelot jeta un regard furieux à Viviane.

– Votre tentative de salir la reine est ridicule et indigne de votre intelligence ; elle et Arthur formaient un couple uni et heureux, au service de la Table ronde.

– Si la reine s'était tenue à sa place, marmonna Merlin, elle aurait évité bien des désagréments.

– Expliquez-vous ! exigea Lancelot.

– La reine est la reine, rien de plus.

– Encore cette hypothèse stupide de la prise de pouvoir ! La reine s'en moque... ne comprenez-vous pas que la mort d'Arthur va la contraindre à quitter le domaine et à se retirer dans un couvent ?

– Non, intervint Guenièvre.

La réponse de la reine stupéfia Lancelot.

– Non, Lancelot ; me retirer serait égoïste et lâche.

Pour que survive la Table ronde, je dois rester, quel que soit le prix à payer.

– Voici comme le piège se referme, indiqua Higgins.

CHAPITRE XXXVIII

– De quel piège parlez-vous ? demanda Lancelot.

Higgins passa derrière le siège de Guenièvre et s'immobilisa derrière celui de Mordret Stone.

– Il ne reste plus que vous, M. Stone.

Le petit homme à la peau fripée et au front bas ne sembla guère impressionné par la remarque de l'ex-inspecteur-chef.

– Il faut bien terminer votre périple, inspecteur.

– Vous auriez pu réussir, M. Stone, mais il ne fallait pas commettre autant d'erreurs.

– Ces allusions demeurent hermétiques.

– Tentons d'y voir plus clair.

Higgins tourna quelques pages de son carnet, passa derrière les sièges de Perceval et de Blancheflore, et s'arrêta entre Merlin et Viviane.

– Mlle Carrey vous subjugue, M. Agleton ; vous êtes à ses pieds et vous lui obéissez au doigt et à l'œil.

Le vieillard frappa le dallage de sa canne.

– Faux ! Je suis tout à fait indépendant... d'ailleurs, j'ai courtisé Blancheflore.

– Simple diversion ; vous saviez d'ailleurs qu'elle était amoureuse de Perceval et qu'elle ne vous supportait pas. Vous, M. Agleton, êtes toujours passionnément épris de Viviane Carrey. Votre attitude, au bord du lac, était révélatrice. Malheureusement pour vous, Viviane semble indifférente à votre flamme ; elle ne veut pas d'un vieillard à la peau ridée.

– Vous avez bien noté mes propos, dit-elle.

– « Changeante et cruelle », dit de vous Perceval, rappela l'ex-inspecteur-chef ; tantôt vous acceptez Merlin, tantôt vous le refusez. Merlin vous menace, vous vous moquez de lui ; bref, un jeu incessant.

– Vous importunerait-il ? ironisa Viviane.

– Il ne s'agit que d'un trompe-l'œil, continua Higgins, imperturbable ; en réalité, vous êtes complices.

– « Complices », s'insurgea Merlin ; que signifie ce terme ?

– Vous m'avez parfaitement compris, M. Agleton. J'aurais dû dire : vous *étiez* complices, car la situation a beaucoup évolué. Bien que vous soyez très attaché à Viviane, cette liaison vous pose de graves problèmes.

– Je ne vous permets pas...

– Il n'est plus temps, dit Higgins, tranchant ; vos actes furent vils et méprisables.

– Inspecteur !

Scott Marlow vit trembler la barbe du vieillard.

– N'avez-vous pas tenté de voler le Graal, M. Agleton ?

– Je refuse de répondre.

– Ce trésor vous eût été fort utile, si Blancheflore avait accepté de vous le donner ; c'est pourquoi vous la courtisiez. Mais vous avez compris que la jeune fille n'était plus en mesure de s'emparer du Graal et de vous offrir les ressources financières dont vous aviez le plus grand besoin.

– Moi ?

– « Ce vieillard ruiné », a dit de vous la reine ; le Yard le vérifiera aisément.

Merlin ne protesta pas.

– La serviette de bain luxueuse, les robes... Viviane Carrey aime les toilettes coûteuses. Pour la garder auprès de vous, il vous fallait de l'argent. À qui le demander, sinon à l'intendant du domaine, à l'homme qui tient les cordons de la bourse ? Mordret Stone a financé votre folie, Merlin, et il a acheté votre âme. Vous avez d'autant plus besoin de lui que le roi Arthur, tôt ou tard, aurait mis fin à votre liaison avec Viviane qu'il devait juger indigne de la Table ronde.

– C'est exact, confirma Guenièvre.

– Lors d'une discussion d'affaires avec Mordret, une idée commune a jailli : pourquoi ne pas se débarrasser d'Arthur, trop moral et trop strict ? Habitué à la place de second et de conseiller, vous ne vouliez pas en changer, mais préfériez un chef comme Mordret qui vous permettrait de garder Viviane en satisfaisant ses exigences.

Lancelot protesta.

– Le frère du roi trempant dans un pareil complot... impossible !

– Il en est à l'origine, rectifia Higgins.

– Vous oubliez sa générosité et sa grandeur d'âme... Il a adopté Blancheflore !

– Générosité toute apparente... je suis persuadé que Mordret Stone a monté un dossier contre elle avec quantité d'indices prouvant qu'elle est une voleuse. Simple mesure de précaution ; si Blancheflore s'était mise en travers de sa route, Mordret l'aurait muselée.

– Fantasmagorie, jugea Mordret Stone. Vous oubliez que Viviane et Merlin ne me portent pas dans leur cœur.

Higgins consulta son carnet.

– Mise en scène... Viviane et Merlin ont fait semblant de vous mépriser ; vous-même avez déclaré que Viviane vous avait jeté un sort, à l'origine de l'accident qui a causé la mort de la mère de Blancheflore. Ainsi j'aurais pu croire à l'existence d'une tension entre Viviane et vous ; ne vous accusait-elle pas d'être un homme sans foi ni loi, ennemi de toutes les femmes ? Merlin vous a qualifié d'être dangereux, acharné et violent, allant jusqu'à préciser que vous ne ressembliez pas à Arthur. Difficile, après cet échange de compliments, de croire à l'existence d'un trio de complices.

– Pourquoi Viviane m'aurait-elle aidé ? demanda Mordret.

– C'est un point délicat qui m'a longtemps gêné, reconnut Higgins ; Viviane est la seule personne que vous n'ayez pas achetée ou que vous ne teniez pas sous influence. Trop jeune pour Merlin, elle avait envie de se débarrasser de lui, sans savoir comment faire ; vous lui avez certainement promis de l'éliminer, sans doute en le faisant passer pour un criminel.

Les mains du vieillard se crispèrent sur sa canne.

– C'est tout à fait invraisemblable... Jamais Mordret n'aurait osé...

– Quand on trahit, M. Agleton, on doit s'attendre à être trahi ; face à Mordret, vous n'auriez pas pesé bien lourd.

– Mordret, Mordret ! répéta Merlin, abattu.

– Ne vous en faites pas, recommanda l'intéressé ; l'inspecteur Higgins s'amuse à vous tourmenter.

Marlow estimait, lui aussi, que son collègue allait trop loin ; certes, la provocation apportait parfois de bons résultats mais Mordret Stone, quoique un peu nerveux, ne tombait pas dans le piège.

– Plusieurs membres de la Table ronde, reprit Higgins en s'adressant au frère du roi Arthur, ont insisté sur votre violence et votre lâcheté ; jouter avec vous amusa Viviane qui a surestimé ses forces. C'est vous qui l'avez manipulée.

– Vous me prêtez vraiment de noirs desseins, protesta Mordret.

– Chacun reconnaît vos qualités de gestionnaire, dit l'ex-inspecteur-chef ; vous détenez la fortune de la Table ronde et affichez bien haut votre grand cœur. Mais pourquoi m'avoir montré la « chambre de l'amour courtois », sinon pour salir Arthur de manière subtile ? Votre frère, indiquiez-vous, avait le don d'apprivoiser les bêtes féroces. Une seule espèce lui a résisté : l'homme. En vous installant dans une fonction particulière, vous avez trahi la règle de la Table ronde qui exige l'égalité des chevaliers ; ce privilège non partagé fut votre première erreur qui me mit aussitôt en alerte.

– Tout cela est si mince, inspecteur.

– Fort instructif, M. Stone, fut le rappel de la triste bataille de Salisbury ; la chevalerie arthurienne ne périt-elle pas à cause de combats fratricides et n'êtes-vous pas le frère du roi Arthur ? Vous étiez le mieux placé pour le servir... et pour le détruire.

– Si j'avais su, déplora Lancelot, si j'avais su... je n'aurais pas retenu mon épée, pendant le tournoi !

– Pourquoi Arthur n'a-t-il pas réuni son conseil et ne s'est-il pas confié à Guenièvre ? reprit Higgins. Parce qu'il se savait trahi ; il venait de comprendre que son frère Mordret tentait de faire main basse sur la Table ronde. Afin de lui permettre de s'expliquer et de sauver son honneur, il a décidé de voir Mordret en tête à tête. Ce fut la faute que vous attendiez, M. Stone ; Arthur était incapable d'imaginer que vous aviez décidé de l'assassiner. Il vous offrait lui-même les circonstances les plus favorables. C'est ici même, dans cette salle, qu'il vous avait convoqué, fort avant dans la nuit. Lors du dîner, vous avez drogué le vin qu'a bu Perceval ; Viviane vous a procuré les substances nécessaires. Déguisé en chevalier rouge, vous l'avez réveillé, de manière à ce qu'il vous suive. Vacillant, à moitié conscient, il assista au début de votre entrevue avec Arthur ; vous lui avez remis la lance brisée entre les mains afin qu'il fût persuadé, à son réveil, d'être le meurtrier du roi. Soit il s'est évanoui, soit vous l'avez assommé. Puis vous avez tué le roi.

– De quelle manière ?

– D'une manière bien peu chevaleresque, M. Stone : avec une arme à feu, sans accorder la moindre chance de lutter à l'homme qui était votre souverain et votre frère. C'est le coup de tonnerre qu'a entendu Perceval lorsque vous avez tiré.

Des larmes coulèrent sur les joues de Guenièvre ; la

main de Perceval s'unit à celle de Blancheflore. Des flammes sortaient des yeux de Lancelot.

– Afin de brouiller les pistes, continua Higgins, vous avez utilisé un fer de lance chargé de significations symboliques qui plongea le malheureux Perceval dans un abîme de désespoir ; vous l'avez volé dans sa chambre et dissimulé dans celle qu'occupait d'ordinaire Lancelot et que vous m'avez attribuée en tant qu'intendant. Mon arrivée, sans doute un peu précipitée par rapport à ce que vous attendiez, a failli faire d'un inspecteur du Yard votre troisième victime alors que vous souhaitiez éliminer Lancelot tout en faisant surgir l'arme du crime. Et si Lancelot n'était pas mort dans l'accident, il serait apparu comme suspect.

– Pourquoi ne le serait-il pas encore ? s'emporta Mordret.

– Janet Bee a perturbé votre plan, M. Stone. Elle a découvert la chapelle où vous aviez déposé le cadavre d'Arthur avant de le faire disparaître en l'enterrant dans la forêt ; vous l'avez assassinée en l'étranglant et maquillé votre acte en crime rituel.

– Pure invention.

– Vous redoutiez deux personnes, précisa Higgins : la reine Guenièvre et Lancelot. Comme vous aviez réussi à subtiliser leurs poèmes d'amour, vous les teniez par le chantage ; c'est vous, bien entendu, qui les avez déposés sous le lit de Perceval afin qu'il soit soupçonné d'être le maître chanteur. Auparavant, n'aviez-vous pas fait signer un document à Lancelot selon lequel il sera contraint de quitter la Table ronde sur votre ordre, en raison de son infâmie ?

– J'ai eu tort de me taire, reconnut Lancelot Heath ; ce fut une simple promesse orale, mais je n'ai qu'une parole et je l'aurais respectée.

– C'est la raison pour laquelle Lancelot ne pouvait protester contre la future union de la reine avec Mordret ; enfermé dans la prison qu'avait construite son propre sens de l'honneur, il était obligé de céder aux exigences du frère du roi pour lequel il éprouvait une réelle estime.

Lancelot était effondré, pleurant sur son aveuglement.

– Il ne vous restait plus qu'à refermer le piège, ajouta Higgins, en faisant rédiger par Merlin une lettre signée du roi et préconisant le mariage de Guenièvre avec son frère, afin de sauver la Table ronde. Malgré sa répugnance et sa tristesse, la reine n'écouta que son devoir. Même si le document était un faux, il lui avait dicté la seule idée susceptible de sauver l'œuvre d'Arthur. Bien entendu, M. Stone, vous avez de nouveau joué les cœurs purs ; vous avez fait mine de croire à une mystification. Bien entendu, vous étiez prêt à servir la cause de la Table ronde en épousant la reine. Généreux et magnanime, comme à votre habitude, vous proclamiez même son innocence. Pauvre Janet Bee... si elle n'était pas allée jusqu'au terme de son rêve, elle serait encore vivante... son sacrifice ne fut pas vain, puisqu'un abominable assassin est à présent identifié.

Mordret Stone croisa les bras.

– Sinistre histoire, inspecteur ; où sont les preuves ?

Scott Marlow grinça des dents ; c'était précisément la question qu'il redoutait d'entendre.

– Ici, répondit Higgins en se plaçant devant le siège périlleux.

Tous les regards convergèrent vers l'ex-inspecteur-chef.

– Si j'ai menti et déformé la vérité, le siège périlleux m'anéantira.

Le superintendant, qui ne croyait pas aux vieilles légendes, fut néanmoins sur le point d'interdire à son collègue de prendre un tel risque ; mais Higgins, avec la lenteur majestueuse qui convenait à un tel moment, s'assit sur le siège périlleux.

Le visage de l'ex-inspecteur-chef demeura serein pendant l'interminable minute où il subit l'épreuve.

– À vous, Mordret Stone, dit-il en se relevant ; si vous êtes un traître et un assassin, vous périrez dans les souffrances les plus atroces.

Le frère du roi, blême, se leva.

– Non, vous n'avez pas le droit...

Lancelot saisit Mordret par les épaules.

– Assieds-toi immédiatement.

Le chevalier contraignit le frère du roi à obéir.

Mordret Stone fut projeté au fond du siège périlleux ; ses doigts s'accrochèrent aux accoudoirs. Pendant les premières secondes, rien ne se produisit ; soudain, le regard vacilla, les joues se creusèrent, le front se rida, les lèvres s'entrouvrirent comme si Mordret Stone cherchait désespérément de l'air.

Le traître porta les deux mains à son cœur et se raidit dans une convulsion de tout son être ; sa tête s'affala sur sa poitrine.

Scott Marlow se précipita ; son examen fut rapide.

– Crise cardiaque, diagnostiqua-t-il.

ÉPILOGUE

– Avant d'appeler le Yard, mon cher Marlow, vous devriez vous acquitter d'une tâche délicate.

Le superintendant fronça les sourcils ; il redoutait quelque désagrément.

– Pourriez-vous descendre au verger, décrocher le cor et en sonner ? Votre capacité pulmonaire me paraît très supérieure à la mienne.

– À quoi servira cette sonnerie ?

– À libérer l'âme d'Arthur de la mort ; c'est notre dernier devoir.

Le superintendant grommela une réponse incompréhensible.

Quand Higgins entendit le son du cor, il faisait ses adieux à la reine Guenièvre, vêtue de son manteau d'hermine à l'encolure en zibeline et aux fermaux d'or.

– Savez-vous, inspecteur, que je pourrais vous demander de rester et de succéder au roi ? Celui qui s'est assis sans dommage sur le siège périlleux est le prédestiné que la Table ronde désigne.

– Ce n'est qu'une légende, madame, et mon cas est très particulier ; j'ai utilisé le siège dans le cadre d'une enquête criminelle, non pour devenir monarque. Voilà pourquoi il s'est montré conciliant. Un véritable roi viendra, soyez-en sûre ; ni Arthur ni la Table ronde ne peuvent mourir.

– Ne devrais-je pas insister ?

– Ma place n'est pas ici ; Trafalgar m'attend. Si je le trahissais, pourriez-vous encore m'accorder votre estime ?

L'ex-inspecteur-chef s'inclina et baisa la main de la souveraine ; il feignit de ne pas apercevoir une larme d'argent qui perlait au coin de l'œil et se dirigea vers le pont de l'Épée où l'attendait Scott Marlow.

– L'ai-je bien sonné, Higgins ?

– À la perfection, mon cher Marlow ; une superbe carrière de corniste s'ouvre devant vous. Je vous verrais bien travailler un concerto pour cor de Mozart.

L'ex-inspecteur-chef, bravant l'arthrose de ses genoux, s'accroupit et s'allongea sur le pont de manière à pouvoir regarder en dessous.

– Si je dois me pencher davantage, superintendant, auriez-vous l'obligeance de me bloquer les pieds afin de m'éviter une chute désagréable ?

Étonné et vaguement choqué, Marlow répondit au désir de son collègue.

– Mais enfin, Higgins ! Qu'est-ce que vous cherchez ?

– Le Graal, superintendant.

La fouille visuelle fut de brève durée.

– Il est bien là, déclara Higgins.

– Pouvez-vous l'attraper ?

– Hors de question, mon cher Marlow ; ni vous ni moi ne sommes des pucelles.

Higgins reprit une position normale.

– N'éprouvez aucun regret. Il est dans la nature du Graal d'être caché et inaccessible.

Les deux hommes s'éloignèrent du château ; l'ex-inspecteur-chef ne se retourna pas, bien qu'il sentît l'ultime regard de Guenièvre caresser ses épaules.

CET OUVRAGE A ÉTÉ REPRODUIT
ET ACHEVÉ D'IMPRIMER SUR ROTO-PAGE
PAR L'IMPRIMERIE FLOCH À MAYENNE
EN FÉVRIER 1992

N° d'impression : 31815.
Dépôt légal : février 1992.
Imprimé en France.
N° d'éditeur : CNE, section commerce et industrie
Monaco : 19023